십 대가 지구를 구하는 방법

지구에서 계속 살 수 있을까

십 대들이 말하는 기후 위기 이야기

김선명
이하린
이소율
이나린
유채현
김다영
이호석
지음

김혜원
글 지도

느린
서재

프롤로그

"지구를 구하려고
글을 쓰게 될 줄
몰랐지"
-김혜원

그날도 더웠습니다.

어느 여름, 편집자님과 저는 땀을 훔치며 이런 이야기를 했습니다.

"우리도 덥지만, 애들이 살 세상은 얼마나 더울까요?"

"그러니까요…. 진짜 걱정이에요."

우리가 마주한 기후 위기를 이야기하다가, 문득 이런 생각이 들었습니다.

'청소년들은 지금, 이 더운 지구를 어떻게 느끼고 있을까?'

궁금했습니다. 누가 시키지 않아도, 자신들의 말로, 자기 문장으로 이 얘기를 써보면 어떨까, 하고요.

그렇게 환경 프로젝트를 시작했습니다. 초등학생부터 중학생까지 총 일곱 명의 친구들이 참여했습니다. 본격적인 글쓰기에 앞서 추천하고 싶은 환경 책 리스트를 만들어 공유했지만 어떤 형식으로, 무슨 얘기를 할지는 모두 자유였어요. 정해진 답 없이 자기 생각을 꺼내 보기로 했어요.

얼마 뒤 정말 다양한 장르의 글이 도착했습니다. 소설도 있었고, 에세이도 있었고, 칼럼 같은 글도 있었습니다. 물론 처음부터 매끈한 글은 아니었습니다. 그런데 제가 보기엔 그게 훨씬 더 좋았습니다. 환경과 기후 위기에 대해 생각보다 훨씬 깊이 고민한 흔적이 보였습니다. 여러 차례 피드백을 주고 친구들을 인터뷰하면서 글을 수정해 나갔습니다. 처음에는 "환경이 중요하다"고만 하던 문장이 한두 번 고쳐지면서 "나는 플라스틱 빨대가 싫다고 말하지 못한다"로 바뀌었을 때, 이게 진짜 자기 이야기라는 생각이 들었습니다. 그 순간부터 글이 펄펄 살아 숨 쉬었습니다.

인터뷰 중에 한 학생은 이런 질문을 했습니다.

"선생님, 그런데 글쓰기로 지구를 지킬 수 있을까요?"
그 질문에 저도 생각해 봤습니다.

이렇게 글을 쓰는 게 무슨 의미가 있을까. 지구가 바뀌긴 할까. 글에 그런 힘이 있을까?

그런데, 우리가 환경을 망친 방식이 '조금씩, 오래도록'이었다면 환경을 지키는 방식도 '조금씩, 오래도록'일 수밖에 없을 겁니다. 그리고 글쓰기는 그 '조금씩'을 가능하게 하는 방법 중 하나라고 저는 믿고 있습니다.

저는 방송 대본부터 정보 글, 칼럼, 에세이, 자기소개서 지도까지, 다양한 글을 써왔습니다. 그만큼 다양한 자리의 글을 경험한 셈입니다. 그러면서 이것 하나는 분명히 알게 되었습니다.

글은, 생각보다 훨씬 강한 힘을 가지고 있습니다.

사람들은 중요한 순간마다 글을 꺼냅니다. 마음을 전할 때도, 의견을 정리할 때도, 결정을 내릴 때도 말보다 먼저 글을 쓰고, 회의보다 앞서 문서를 작성합니다. 보고

서, 계약서, 발표 자료, 소개서, 편지, 심지어 SNS의 짧은 글까지… 삶의 많은 순간, 말보다 먼저 글이 등장합니다.

왜일까요?

글은 머릿속을 떠도는 생각을 구체화하는 도구이기 때문입니다. 글은 흩어지는 생각들을 하나로 모으고, 이름을 붙이고, 형태를 줍니다. 생각이 눈송이라면, 글은 눈사람입니다. 예쁘기만 한 눈송이는 금세 사라지지만, 눈사람은 누구의 눈에도 보이고, 만져지고, 이름이 붙습니다. 그때서야 생각은 '내 것'이 되고, 다른 사람과 나누어질 수 있습니다. 이것이 바로 글이 하는 일이고, 우리가 글을 쓰는 진짜 이유입니다.

아이들이 쓴 글을 보며 그런 눈사람들이 자라고 있는 걸 볼 수 있었습니다. 처음엔 작은 아이디어 같았던 한 문장이, 몇 번의 질문과 수정 끝에 '그 아이만 쓸 수 있는 말'이 되었을 때 속으로 박수를 쳤어요. 아, 잘했다. 생각이 자랐다!

정보가 넘쳐나는 시대입니다. 그 어느 때보다 많은 말들이 쏟아지지만, 정작 자신의 생각으로 말하고 쓰는 사람은 아주 드뭅니다. 그래서 그런 사람이 귀하죠. 누가 뭐래도 스스로를 믿고, 흔들리면서도 자신의 생각을 다듬어가는 사람. 저는 글을 쓰는 사람이 그런 사람이라고 믿습니다.

이 책은 그런 글을 쓴 십 대들의 이야기입니다. 조금 서툴지만, 자기 방식으로 지구를 구해보겠다고 땀 흘린 친구들. 손이 시릴 만큼 눈을 모아 뭉치고, 결국엔 자기만의 눈사람을 만든 아이들의 목소리. 흔들리지만 꿋꿋한, 그 소중한 생각의 기록입니다.

이 책을 펼쳐주신 여러분—십 대 친구들, 부모님들, 선생님들께 부탁드립니다. 한 장 한 장 넘기며 지금의 십 대가 어떤 마음으로 살아가는지 조용히, 끝까지 읽어봐 주세요. 그리고 이 책이 언젠가 '나도 한번 써볼까?'라는 용기 있는 시작을 선물하는 책이 되길 바랍니다.

환경과 기후 위기의 시대에 우리가 바라는 변화는, 아마 그렇게 한 사람의 문장과 생각으로부터 시작될 테니까요.

차례

프롤로그 "지구를 구하려고 글을 쓰게 될 줄 몰랐지" _____ 004

푸른 심판_소설 김선명 _____ 013
꿈_소설 이하린 _____ 029
초록 우체통_소설 이소율 _____ 055
지구를 위한다는 착각?_에세이 이나린 _____ 073
지구는 완벽보단 꾸준함을 원한다_에세이 유채현 _____ 085
모든 게 귀찮고 짜증이 날, 십 대에게_에세이 김다영 _____ 099
미래를 지키는 법_에세이 이호석 _____ 117

에필로그 이 책을 그냥 덮지 마세요 _____ 127
부록 단단하고 오래가는 글을 쓰기 위하여:
　　　십 대를 위한 글쓰기 조언 _____ 135

김선명_소설

푸른 심판

"동물과 식물을 짓누르고서
아무 일도 없다는 듯 끝없는 회복 탄력성을
보여준 인류의 마지막 조각까지
지구가 앗아간 것일까?"

"속보입니다. 앞으로 6개월 안에 지구에서 모든 인류가 멸종할 확률이 무려 90퍼센트 이상이라는 연구 결과입니다.

그럼 현장에 나가 있는 김 기자, 연결하겠습니다."

화면 속, 11월이라는 계절에 맞지 않게 반팔 셔츠를 입고 땀을 뻘뻘 흘리는 김 기자가 모습을 드러냈다.

"네…."

김 기자가 땀을 쓸어내리며 말을 이었다.

"… 서울에 위치한 국제환경기구 이클레이 동아시아 본부 앞에 나와 있는 김 기자입니다. 현재…."

오늘만 해도 열 번도 더 본 내용이었다.

남자는 리모컨을 집어 들어 전원 버튼을 눌렀다. 그렇게 화면 속의 김 기자가 사라지자, 그는 왼쪽 손을 뻗어 이불 속의 또 다른 리모컨을 집어 들고 버튼을 두 번 눌렀다.

'띠리리리링.'

방 안 공기가 차츰 선선해졌다. 남자는 만족스러운 듯 두툼한 양모 이불에 파묻혀 잠이 들었다. 아까 들었던 뉴스의 내용은 머릿속에서 희미해져 갔다. 방 안의 유일한 소리는 시계가 흘러가는 소리였고, 이 평화로운 시간이 계속되기를 바랐다.

세 시간쯤 지났을까. 남자는 뭔가 이상한 느낌이 들어 적막 속에 눈을 떴다. 시계는 새벽 3시 정각을 향하고 있었다. 평소라면 아직 어둠이 드리워져 있는 창문 밖을 확인하고 잠을 청하겠지만, 오늘은 다시 잠이 들기엔 발 끝의 감촉이 불편하게 느껴졌다.

남자는 오른쪽 발을 몸 가까이 끌어당겼다.

하지만 발이 다리를 따라 끌려오기는커녕 그대로 흙

속에 박혀버린 것처럼 꿈적도 하지 않았다. 발을 잡아당길수록 하수구 틈에 끼인 발가락을 빼려고 버둥거리는 것처럼 욱신거렸다. 그 뿌리의 감촉 어딘가에서 어릴 적 기억이 느껴졌다. 오래전 할아버지와 숲에서 뛰어놀던 여름날, 가시박 꽃들 사이에서 느낀 가시의 따끔함이 지금의 고통과 묘하게 겹쳤다.

"무슨 일이지?"

믿을 수 없는 표정으로 침대에서 일어서려고 했지만, 아무리 힘을 주어도 발이 움직이지 않았다. 양발이 마치 침대의 일부가 되어버린 것처럼 묶여버린 느낌이었다. 그 순간, 발을 고정하고 있던 무언가가 발목 위로 자라나는 느낌이 들었다. 남자는 그 무언가에서 벗어나려 몸을 비틀었다. 몸을 덮고 있던 이불이 떨어지면서, 희미한 달빛 아래 맨 다리가 드러났다.

'…!'

침대를 뚫고 나온 황갈색의 거센 뿌리는 남자를 향해 인사라도 하듯 에어컨 바람에 살랑살랑 흔들리고 있었다. 남자는 자기도 모르게 움찔거리며, 뒤로 물러났다.

"이게 무슨… 말도 안 돼."

발등 위에서 자라난 뿌리는 이제 버드나무 가지처럼 길게 늘어져 종아리를 타고 뻗어 오르고 있었다. 몸이 나무로 변해가는 상황에서 남자에게 가장 먼저 떠오른 사람은 할아버지였다. 할아버지는 식물이 된 인간을 치료할 수 있는 의사도 아니었고, 비과학적인 상황을 설명할 수 있는 과학자도 아니었다. 할아버지는 양옆으로 논밭이 펼쳐져 있는 작은 마을의 작은 오솔길을 걷다 굽이굽이한 산길을 따라 올라가면 나오는 작은 통나무집에서 텃밭을 일구며 살아가고 계셨다. 한겨울에도 푸른빛을 내뿜는 나무들 덕분인지 이국적인 분위기가 느껴지는 곳이었다.

그곳에 사는 할아버지는 누구보다도 나무에 대해서 잘 알고 있었다. 남자가 어렸을 때까지만 해도 할아버지와 숲속을 거닐며 '할아버지, 이 뾰족한 나무는 뭐예요?'라고 물어보곤 했다. 그럴 때마다 할아버지는 '이 나무는…' 하고 설명해 주셨다.

하지만 몇 해 전, 전기톱과 커다란 트럭을 가진 사람들이 할아버지의 숲을 찾아왔다. 동물들은 나무 밑동과 함께 덩그러니 남은 숲과 오두막집을 떠났다.

남자는 떨리는 손으로 휴대전화를 들어 키패드를 하나씩 눌렀다. 신호음이 들린 뒤, 익숙한 목소리가 휴대폰 너머로 들려왔다.

"그래, 무슨 일이니?"

"할아버지 제 몸이 이상해요. 몸이… 나무처럼 변하고 있는 것 같아요."

잠시 정적이 흘렀다.

휴대폰 너머로 의자에 가볍게 내려앉는 소리가 들렸다. 할아버지께서 침착하게 말을 이으셨다.

"혹시 식물화에 대해서 아는 게 있니?"

"…"

"지금 네 몸에서 일어나는 변화로 추측해 보자면, 아마 너는 지구의 일부가 되어가고 있는 거란다."

"왜 사람들이 나무로 변하고 있는 거죠?"

"정확한 이유는 알 수 없지만, 파란 바다가 붉게 물들고, 푸른 초원이 황폐해지고, 맑은 공기가 탁해진 이 지구에서 우리는 곧 멸종할 거야. 우주에서 바라본 푸른 지구는 이제 없어지겠지."

할아버지가 숨을 크게 내쉬고 다시 말을 이었다.

"지구는 우리 모두가 생존할 수 있는 방법을 모색하고 있었어. 이제는 되돌릴 수 없는 이 문제의 원인은 바로 우리 인간 때문이지. 이 땅에서 인간이 모두 사라진다면, 그게 지구를 위한 일이 아닐까?"

남자는 곰곰이 생각했다.

"그럼 지금이라도 제가 할 수 있는 일이 있을까요?"

"미안하지만, 이제 없는 것 같구나. 지구는 계속 경고를 했지만, 인간들은 그 신호를 무시했고, 지금은 너무 늦었어."

할아버지의 목소리가 울리면서 사방으로 퍼져나갔다. 목소리가 계속 웅웅거리더니 전화가 끊어졌다. 인간에게 남은 시간이 얼마 남지 않았다면, 후회만 하기에는 시간이 아까웠다.

남자는 침대맡 서랍장 위의 머그컵을 들어 올려 바싹 말라 있는 뿌리에 물을 붓기 시작했다. 조금씩 생기가 돌아오는 느낌이었다.

잠시 뒤, 틀어놨던 채널에서 뉴스가 시작하고 앵커의 대사가 흘러나왔다.

"기상 특보 알려드립니다. 이번 주 입동을 시작으로 최고기온 -10℃, 최저기온 -32℃ 한파가 시작되겠습니다. 일교차가 심하니 두꺼운 옷 챙기는 거 잊지 마시고요, 작년보다 더 강한 추위가 예상되니 이제 여름옷은 넣어두시고 겨울옷 준비하시면 좋겠습니다."

몸을 힘겹게 돌려 창문 밖을 보자 어느새 싸리눈이 날리고 있었다. 오늘도 날씨가 변덕이었다. 푸르스름한 한기가 창문 틈으로 들어오고 있었다. 남자는 손을 뻗어 리모컨의 전원 버튼을 눌렀다. 띠리리링 하고 에어컨 바람이 줄어들었다.

"아아아아 그리고… 들리시나요?"

김 기자가 목을 가다듬고 말했다.

"아아아아…."

김 기자의 목소리가 점점 작아지더니 그대로 사라졌

다. 웅웅대는 화면에서 꿈틀꿈틀 무언가 요동쳤다. 몇 초도 되지 않아 두터운 나무뿌리가 김 기자의 허리를 타고 오르더니, 곧 뉴스룸에는 파아란 정장을 입은 나무 한 그루가 덩그러니 서 있었다. 잠시 뒤 김 기자, 그러니까 정장을 입은 나무가 움직이기 시작했다. 여기로 저기로 몸을 비틀어 보고, 가지를 몇 번 양 옆으로 휘휘 돌려보더니 이내 잠잠해졌다. 카메라가 꺼지더니, 타이핑 된 뉴스가 올라왔다. 나뭇가지 손가락으로 타이핑하는 법을 익히기라도 한 걸까?

타닥 타다닥.
'갑자기 사람들이 나무로 변하고 목소리를 잃는 국가적 위험 사태가 벌어졌습니다. 이번 일은 지구의 소행으로 지구에 의하면 현재로서는 지구 자신과 지구의 모든 생명체들을 위해 시행하였다고 합니다.
아직도 이 작업은 진행 중이라고 합니다. 앞으로 또 무슨 상상치 못한 일이 벌어질지 모르죠. 국민 여러분, 주의하셔야 하겠습니다.'

김 기자가 '상상치'를 굵은 폰트로 타이핑하며 강조했다. 뉴스가 끝나고, 이어서 광고가 송출됐다. 나무로 변한 인류를 위한 '뿌리 발근제'와 실내에서 나무가 되어버린 사람들을 위한 '광합성 전등'이었다.

어디서부터 잘못되었을까? 전 세계 인류가 몇 시간만에 푸른 잎이 무성한 무언의 나무가 되었음에도 불구하고, 아무리 인간이 적응의 동물이라 한다지만 과연 인간의 유연성과 생존 본능이, 어려운 상황 속에서도 어떻게든 살아남고 발전해 나가는 사람의 특성이, 과연 장점이라 말할 수 있을까? 지구를 등지고 앞만 보고 뛰어가던 우리의 모습을 부끄러워해야 하지 않을까?

남자가 기억할 수 있는 가장 어린 시절, 기억 속의 아빠는 어떤 이유에서인지 얼굴이 새빨개질 정도로 화가 나 있었다. 아빠는, 가지 말라고 제발 자신을 봐 달라고 떼를 쓰던 어린 남자를 남겨둔 채로 씩씩거리며 집을 떠났다. 아빠가 잔뜩 화가 나 집을 나서자 아무것도 모르고 울던 여동생까지. 어린 아기의 울음소리가 슬픈 방 안을 가득 채워나갈 때까지도, 엄마의 눈물이 방 안을 넘쳐 흐를 때까지도 아빠는 돌아오지 않았다. 가족들을 등지고 집을 나서던 아빠의 모습.

남겨진 가족들. 엄마, 여동생, 나.

'지구는 이런 기분이었을까?'

시간은 어느새 오전 5시를 훌쩍 넘어 있었다. 하지만 나무가 되니 굳이 잘 필요가 느껴지지 않았다. 물과 어제 저녁에 먹은 것들, 형광등만으로도 충분했다. 입이 마르고 발이 땅에 묶이니 그제서야 들리지 않던 것들이 들려왔다. 어느새 굵어진 함박눈이 소복소복 쌓이는 소리, 바스락 흰 눈 속 숨겨진 낙엽을 밟고 놀란 고양이가 '야옹' 하는 소리, 갑자기 내린 눈을 피해 숲속의 이끼를 오르고 내리던 작은 벌레들의 소리였다. 그들의 목소리가 바싹 말라버린 사람들의 뿌리 끝을 타고 달콤한 물처럼 스며들어 생기를 전해 주었다.

다음 날이 되자 어김없이 김 기자의 타이핑 뉴스가 송출됐다.

'안녕하세요. 김 기자입니다. 안타까운 소식 전해 드립니다. 우리나라 최고 기업 ○○ 본사가 어젯밤 넝쿨 식물들에 의해 붕괴되었다는 소식입니다. 사상자는 소나무 한 그루, 오동나무 두 그루, 총 세 그루라고 합니다. 불행 중 다행인 것은, 대기 중 탄소량의 약 40% 감소로 지구 평균 온도가 1.5℃ 낮아졌습니다.'

"그래 그래. 그럴 줄 알았어. 넝쿨나무 심기 건드리면 좋을 것 하나도 없다니까."

"그건 그래. 나무 몇 그루 잘린 일로 뉴스까지 나올 정도면 하루 종일 송출해도 24시간이 모자랄걸?"

남자는 말소리에 몸을 뻗어 밖을 내려다 보았다. 분명 사람의 언어는 아닌 것 같았는데, 이상하게도 소리를 이해할 수 있었다. 웅웅거리는 그 소리는 친구와 귓속말을 할 때처럼 작지만 선명하게 들렸다.

'… 그리고 지구는 이제 두 번째 방침을 시행 중이라고 합니다. 앞으로 어떤 일이 일어날지 모르겠지만, 아시죠?

인간은 적응의 동물….'

김 기자의 타이핑이 그때, 멈췄다. 동물과 식물을 짓누르고서 아무 일도 없다는 듯 끝없는 회복 탄력성을 보여준 인류의 마지막 조각까지 지구가 앗아간 것일까?

남자는 벽에 걸린 거울 쪽으로 고개를 돌렸다. 이미 곧은 뿌리가 된 두 다리는 더 이상 움직일 수 없었다. 목덜미에서부터 잎이 자라났고, 무거워진 혀에서는 쓴맛이 느껴졌다. 거울 속의 자신은 더는 '나'라고 부를 수 없는 낯선 모습이었다. 남자는 나무가 되어가고 있었다.

한때 인간이 정복했던 높은 건물과 도시는 무너지고 자연은 그 자리를 되찾아갔다. 산림은 척박하고 갈라진 땅을 메워갔다. 동물들은 자연을 지배하며 땅을 되찾았다. 지구에서 인간의 목소리는 더 이상 흔적을 찾을 수 없었다. 지구는 인간이 부르던 그 이름 그대로 푸르고 푸른 행성이 되었다.

지구의 첫 번째 대정화는 성공적이었다.

"지금이라도 제가 할 수 있는 일이 있을까요?"

이하린 소설

꿈

지구 온난화에 대해 말하면서도
우리는 정작 '기후변화로 지금 죽어가는 사람들'을
이야기하지 않습니다.
현실의 고통 앞에 눈을 감고,
텀블러와 친환경 캠페인을 위로로 삼으며
마치 꿈속에서 사는 듯 살아가고 있는 건 아닐까요?

그때까지만 해도 나는 창문 밖의 세상이 점점 어두워지고 있다는 것을 눈치채지 못했다.

"태평양의 섬나라 투발루가 바닷속으로 사라질 위기에 처했습니다. 투발루의 장관은 무릎까지 차오른 바닷물 안에서 국가포기선언을 했는데요, 투발루는 2100년 즈음 완전히 바닷물 속으로 사라질 것이라고 합니다. 미래가 인류에게 보내는 경고가 점점 심각해지고 있습니다."

많이 들어본 섬의 이름이 또다시 들려왔다. 이러다 진짜 지구가 없어지는 게 아닌지 조금 걱정됐다. 나는 생수병으로 손을 뻗어 물을 한 모금 마신 후 라벨을 떼어냈다. 얼마 전 라벨을 떼 분리배출하라는 글을 환경부에서 본 뒤 계속 떼어서 버리고 있었다. 이런 작은 실천으로 오늘도 아파하는 북극곰을 살리다니. 괜히 뿌듯해졌다. 내가 얼마나 지구를 아끼냐 하면, 나는 늘 주머니에 손수건도 넣어서 다녔고 텀블러도 자주 챙겼다. 또 나는 환경 관련 책도….

삐이이이- 삐이이이-

생각에 잠겨 있다가 몸을 움찔했다. 고막을 찢는 듯한 소리가 들려왔다. 왠지 경고음이 더 날카로워진 듯한 긴급재난문자는, 내게 핸드폰을 어서 확인하라고 재촉하고 있었다.

[긴급재난문자]
[기상청] 6월 18일 17:02, ▲서울특별시 종로구 시간당 100mm 호우 발생 / 즉시 안전 조치를 취하시기 바랍니다.

"100밀리미터?"

내 눈을 의심했다. 혹시 10밀리미터를 잘못 쓴 건 아닐까? 100밀리미터면 당장 홍수가 일어날 정도의 강수량이었다. 믿을 수 없는 수치에 문자를 뚫어져라 쳐다보고 있을 때, 세상을 집어삼킬 듯 거세게 내리는 빗소리가 들려오기 시작했다.

그 소리를 들으며 멍하니 방 안이 어두워지는 것을 지켜보았다. 어두워지자 내가 보고 있는 것들이 비현실적으로 느껴졌다. 순간적으로 몸을 일으켰다. 내 눈으로 직접 확인하기 전에는 믿을 수 없었다. 커튼 때문에 밖이 보이지 않는 베란다와 점점 가까워질수록 습한 공기가 느껴졌다.

끼익-

서둘러 커튼을 걷고 베란다 문을 열었다. 하지만 집 밖의 풍경은 그동안 알던 모습과는 많이 달랐다.

*

아무것도, 보이지 않았다.

*

아무것도 보이지 않던 방이 조금 밝아지며 소녀가 깨어났다.

"으으…"

소녀는 침대에서 천천히 일어나 주위를 둘러보았다. 어두운 방 안, 유일하게 살아있는 존재는 소녀 한 명뿐인 것 같았다.

"뭐지, 꿈인가?"

소녀의 입에서 나온 한마디가 공기를 가로질러 방 전체에 울렸다. 미간을 살짝 좁힌 소녀는 이 상황을 이해하려고 애쓰는 듯했다. 곧 소녀는 끝없는 어둠 속 어딘가를 바라보았다. 소녀가 바라본 방의 끝까지 침대가 줄을 맞춰 놓여 있었다. 작은 숨소리가 여기저기서 들려오는 것으로 보아 침대 위의 사람들은 모두 살아있는 듯했다.

"태평양의 섬나라 투발루가 바닷속으로 사라질 위기에 처했습니다. 미래가 인류에게 보내는 경고가 점점 심각해지고 있습니다."

소녀가 몸을 움찔했다. 바로 옆의 침대에서 목소리가 들려왔다. 누군가가 침대에 누워 잠꼬대를 하고 있었다. 그 소리는 소녀가 이곳에 오기 전 보던 영상 속의 목소리와 거의 똑같았다.

"여러분, 지구를 살리려면 비닐봉지 대신 종이봉투, 플라스틱 빨대 대신 종이빨대를 쓰고 플라스틱 생수는 꼭 라벨을 떼서 버려야 합니다. 화석연료를 너무 많이 쓴 대가로 환경이 파괴되고 있습니다."

소녀는 몸을 돌려 소리가 나는 쪽을 바라보았다. 그곳에는 새까만 정장을 입은 남자가 잠꼬대를 하고 있었다. 남자의 옆에도, 그 옆에도 사람들은 작은 소리로 모두 무언가를 중얼거리고 있었다. 소녀는 주위를 둘러보고 한 발짝, 바닥에 발을 딛었다. 조심스럽게 걷기 시작한 소녀는 점점 속도를 내서 앞으로 나아갔다.

퉁, 퉁, 퉁, 발소리가 규칙적으로 울렸다. 아무리 걸어가도 소녀 외에 깨어 있는 사람은 보이지 않았다. 곧 발소리가 멈췄다. 소녀는 더 걸어가 봤자 깨어 있는 사람도, 출구도 없을 거라는 걸 아는 듯했다. 잠시 서서 무언가를 생각하던 소녀의 시선이 바닥에 닿았다. 뿌연 유리 재질로 되어 있는 바닥 밑에는 아무것도 보이지 않았다. 이상함을 느낀 소녀는 다시 한 발짝 내딛어 보았다.

툥.

'보통 바닥은 툥 소리가 날 리 없는데…?'

소리가 난다는 건 밑에 공간이 있다는 뜻이었다. 소녀는 뿌연 바닥을 잠시 바라보았다. 바닥 아래에는, 무엇도 보이지 않았다. 마치 무언가를 숨기고 있다는 듯이. 또다시 정적이 감돌았다. 하지만 소녀는 느낄 수 있었다. 기분 나쁜, 끈적한 기운이 소녀 주위를 둘러싸고 있었다. 사방이 고요했다.

그 목소리만 아니었다면.

"살려주세요…"

소녀의 온몸에 소름이 돋았다. 사람들의 잠꼬대와는 다른, 힘없고 약한 목소리가 들려왔다. 갈라지는 쉰 목소리는 금방이라도 사라질 것 같았다.

"살려… 주세요."

소녀는 목소리를 더 자세히 들으려는 듯 미간을 찌푸리고 가만히 서 있었다. 소녀는 들을 수 있었다. 아무것도 보이지 않는, 뿌연 유리 바닥 밑에서 희미한 외침이 새어나오고 있었다. 끈적한 공기가 점점 소녀를 조여왔다. 동시에 무언가 잘못되었다는 느낌이 소녀를 강하게 붙잡았다. 소녀의 표정이 점점 어두워졌다. 무언가 해야 할 것 같았지만, 소녀는 곧 자신이 있는 공간은 끝조차 보이지 않는다는 걸 떠올렸다. 자신은 끝이 없는 방의 작은 점 같은 존재였다. 혼자서 뛰어다녀봤자 할 수 있는 일은 아무것도 없었다. 지식도, 힘도, 확신도 없었다. 소녀는 사람들이 필요했다. 무언가가 소녀에게 사람들을 깨워야 한다는 강한 확신을 주고 있었다.

소녀는 바로 옆 침대에 누워 있는 여자부터 깨우기 시

작했다.

"저기요, 저기요! 일어나 보세요."

소녀가 여자를 조심스럽게 불렀다.

"일어나 보세요. 지금 이 사람들, 도움이 필요한 것 같아요."

소녀가 더 큰 목소리로 말했지만 여자는 꿈쩍도 하지 않았다.

"살려주세요…."

목소리가 또다시 들려왔다. 소녀는 다급한 걸음으로 옆 사람을 깨우기 시작했다.

"저기요, 일어나 보세요, 지금 누군가 도움이 필요한 것 같아요. 죽어가고 있는지도 몰라요."

여자의 몸이 움찔했다. 소녀가 여자를 조심스럽게 툭툭 쳤다. 여자가 조금 움직이는 듯하더니 갑자기 눈을 떴다. 여자는 소녀를 커진 눈으로 바라보았다.

"누구… 세요?"

소녀는 잠시 생각했다. 어디서부터 설명해야 할지 감조

차 잡히지 않는 듯했다.

"여긴… 저도 모르겠어요. 그런데 큰일이 일어날 것 같아요."

"큰일이요? 그게 무슨…."

여자는 말을 끝마칠 수 없었다. 목소리가 또다시 들려왔기 때문이다.

"살려주세요…."

여자의 눈이 커졌다. 까만 눈동자가 무언가를 떠올리는 듯 순간 흐려졌다. 불안에 찬 눈동자가 흔들렸다. 소녀가 조심스레 말을 이었다.

"뭔가 행동을 하려면… 사람들을 더 깨워야 하지 않을까요?"

여자가 고개를 끄덕였다. 두 사람은 몸을 돌려 더 많은 사람들을 깨우기 시작했다. 제발, 늦지 않게, 모두가 일어나기를 바라며 사람들을 깨우기 시작했다.

 사람들의 반응은 조금씩 달랐지만 대부분 놀랐다는 점은 동일했다. 아니, 놀란 정도가 아니라 공포에 휩싸여 충격을 받은 것 같긴 했지만 말이다.

"누구세요? 여긴 어디죠?"

 대부분의 사람들이 눈을 뜨며 물었다. 소녀는 항상 똑같이 대답했다.

"저도 잘 모르겠는데, 곧 큰 일이 생길 것 같아요."

 소녀가 이렇게 대답할 때면 사람들은 잠깐 심각한 표정으로 깨어 있다가 곧 다시 침대에 누워 눈을 감아버렸다. 그러고는 다시 잠꼬대를 중얼거렸다. 물론 끝까지 깨어나 있는 사람들도 있었는데, 소녀와 여자가 몇 명을 깨웠는지 모르겠지만 지금까지 깨어 있는 사람들은 스무 명 정도 되었다. 각자 자신의 이야기를 하는 사람들은 소녀의 말을 들을 생각이 없어 보였다.

"우리는 곧 굶어 죽고 말 거야!"

 한 사람이 소리쳤고 사람들이 술렁였다. 아까부터 이

런 상황이 계속 반복되고 있었다. 그 순간, 목소리가 또다시 들려왔다. 아까보다 더 또렷하고 선명하게 들리는 목소리는 이제 한 사람만 외치는 소리가 아니었다.

"살려주세요…."

사람들의 말소리가 뚝 끊겼다. 소름끼치는 정적이 감돌았다. 얼굴은 모두 당황한 듯 굳어졌고, 그 사이 소녀는 우두커니 서 있었다. 아무도 겪어보지 못한 이 상황을 소녀가 끌고 가야 한다는 사실이 너무나 가까이에서 느껴졌다. 소녀는 여자를 쳐다보았지만 그녀도 마찬가지인 듯 보였다.

사람들 사이를 제치고 소녀는 어디론가 걸어갔다. 사람들이 점으로 보일 때까지, 저 멀리. 그리고 여자는 그런 소녀의 뒷모습을 바라보고 있었다.

*

여자는 이곳에 오기 전 상황을 기억했다. 거세게 비가

오던 날, 빗소리를 들으며 미소 짓던 자신을 기억했다. '비 오는 날의 감성 플레이리스트'를 틀기 위해 핸드폰을 조작하던 그 순간을, 핸드폰을 켰을 때 와 있던 문자의 내용을 떠올렸다.

[지금 바로 옆 반지하 침수됐어!]

여자는 몇 초 동안 문자를 들여다보다 급하게 현관으로 뛰어갔다.

'반지하라면…'

처음에는 있는지도 몰랐던 공간이었다. 바닥에 붙어 있는 창문만으로 그 안의 집을 상상하기란 쉽지 않았다. 하지만, 그 안에서 밖을 바라보는 아이와 눈이 마주쳤을 때, 여자는 할 말을 잃었다. 반층 낮은 곳에서 세상을 바라보는 아이의 눈동자는 너무나 평범했다. 그 뒤로 여자는 아이를 몇 번 더 마주쳤지만 침묵 속에서 서로를 알아본다는 걸 느꼈을 뿐 인사는 하지 않았다. 여자는 엘리베이터 앞에서 한참 초조하게 서 있었다. 괜찮을 거야, 21세기에 누가 홍수로 죽어. 물이 차올랐으면 탈출했겠지. 마음속으로 이 문장을 몇 번이나 되뇌었는지 모른다. 머릿속에 자꾸만 그 특별할 것 없던 눈동자가 떠올랐다.

엘리베이터에서 내려 밖으로 나갔을 때, 여자는 이미 물이 무릎까지 차오른 지상을 마주했다. 반지하의 창문은 벌써 물에 가려 보이지 않았다. 여자는 빗속으로 달려가 반지하 앞에서 우왕좌왕하던 소방관 중 한 명을 붙잡고 물었다.

"안에 있던 사람들은요?"

"저희도 방금 도착해서… 구조 시도를 해보고 있는데…"

그는 말을 끝맺지 못했다.

물살을 거슬러 집 앞까지 가는 것도 역부족이었다. 아무리 창문을 뜯어내려고 해도 뜯기지 않았다. 손에서 피가 흘렀다. 입고 있는 가디건은 점점 무거워졌다. 물막이 판 하나 없는 반지하는 비가 오면 언제든지 침수될 준비가 되어 있었다.

아무도 관심을 가지지 않았다. 폭우로 집이 잠기는 사

람들에 대해서는.

여자는 그렇게 한참을, 멍한 눈으로 비를 맞으며 서 있었다. 그리고 정신을 차렸을 때, 그녀의 눈앞에 소녀가 서 있었다.

*

"살려주세요…"

상황은 점점 더 절망적으로 변해갔다. 목소리는 더 커졌고, 사람들은 상황의 심각성을 깨닫지 못한 것 같았다. 소녀는 답답했다. 마치 절대 풀리지 않을 것만 같은 거대한 매듭을 마주한 기분이었다. 소녀의 숨이 가빠졌다.

그때, 바닥에 방울방울 맺혀 있던 뿌연 알갱이들이, 그 작은 물방울들이 소녀의 눈에 들어왔다. 물방울들은 너무나 투명하게 반짝였지만, 그 하나하나가 모여 바닥을 뿌옇게 흐리고 있었다. 소녀는 무릎을 굽히고 바닥을 향해 천천히 손을 뻗었다.

'어쩌면 아무도 명확히 보려고 하지 않았는지도 몰라.'

소녀의 눈이 커졌다. 사람들이 이 문제를 똑바로 바라

볼 수 있게 하기 위해서는 바닥을 투명하게 만들면 되는 것이었다. 소녀가 급하게 주머니에서 손수건을 꺼냈다. 왜 진작 이 생각을 못 했을까? 왜 이렇게 간단한 매듭을 풀지 못했을까?

소녀가 떨리는 손으로 바닥을 닦기 시작했다. 반짝이는 물방울들이 하나하나 손수건으로 스며들었다. 손수건이 지나간 자리에는 투명한 진실만 남았다. 소녀의 얼굴이 충격으로 일그러졌다.

사람들은 떠난 소녀를 잠시 바라보다 다시 말을 이어가기 시작했다.

"이 목소리가 언제쯤 안 들릴까요?"

"그러게요, 탈출할 시간도 모자른데 이런 목소리까지 들리니 원."

그때, 저 멀리서 다급한 목소리가 들려왔다. 소녀였다.

"여러분! 이쪽으로 와 보세요! 빨리요, 제발, 바다 밑에…"

소녀의 말이 끝나기도 전에 여자가 달려가기 시작했

고, 사람들도 망설이다 하나씩 뒤를 따랐다. 마침내 소녀가 있는 곳에 도착했을 때, 여자의 표정이 일그러졌다. 뒤따라 온 사람들도 얼굴색이 변하기 시작했다.

"이게 무슨…."

바닥 밑에는 또 다른 방이 있었다. 그 안에서 사람들이 죽어가고 있었다. 방 안에 물이 점점 차올라, 밑의 사람들은 점점 죽어가고 있었다. 밑의 사람들은 물이 낮은 곳으로 이동하기 위해 필사적으로 헤엄치고 있었다. 가라앉는 사람도 있었고, 반쯤 포기한 사람도 있었다. 사람들은 단지 살기 위해 도망치며, 살려달라고 외치고 있었다.

그러다 소녀는 죽어가고 있는 다른 소녀와 눈이 마주쳤다. 청년은 헤엄치다 지친 청년과 눈이 마주쳤다. 아저씨는 누군가를 애타게 부르고 있는 아저씨와, 할아버지는 멍한 눈으로 가라앉고 있는 할아버지와 눈이 마주쳤다. 여자의 눈이 점점 커졌다. 여자는 한 할머니와 함께 가라앉는 아이와 눈이 마주쳤다.

위의 사람들은 아래 사람들의 눈을 똑바로 바라볼 수 없었다. 그들은 자신들이 침대에 누워 잠꼬대를 하고 있을 때, 밑의 사람들이 점점 가라앉고 있었다는 걸 알고 있었다. 목소리는 경고나 대가 따위가 아니었다.

*

 방 안, 사람들이 둥그렇게 모여 회의를 시작했다. 여자가 먼저 입을 열었다.
 "사람들을 구하려면 유리를 깨야 하지 않을까요?"
 "이거, 손으로 깨는 건 불가능할 걸요?"
 한 남자가 문득 생각난 듯 말을 이었다.
 "앗! 이 유리가 타일처럼 조각조각 붙어 있으니 들어올릴 수 있지 않을까요?"
 "여기 작은 틈에 막대기를 이용해 넣으면 지렛대처럼 들어올릴 수 있을 것 같긴 한데…. 혹시 긴 막대기 같은 거 없나요?"
 아무도 말이 없었다. 물은 점점 차올랐다. 여자가 초조하게 말했다.
 "진짜, 이러다가 아무도 못 구할 것 같은데… 뭐 없어요? 사람들을 살리려면 밧줄이나 뭐 이런 도구들도 필요할 것 같은데."

숨막히는 침묵 속, 누군가 입을 열었다.

"그… 침대를 부수거나 해서 막대기를 구할 수 있을 것 같긴 한데."

"오! 좋다! 제가 다리를 빼보거나 할게요!"

남자는 벌떡 일어나 침대를 향해 뛰어갔다. 두 명의 사람이 뒤따라 일어났다.

그때, 여자가 말했다.

"각자 가지고 있거나 입고 있는 걸 엮어서 밧줄을 만들면 어떨까요? 저는 가디건이 있어요!"

여자가 축축한 가디건을 벗었다.

소녀도 거들었다.

"이 손수건이라도!"

"저는 목도리를 풀게요!"

밧줄이 조금씩 길어져 갔다. 그때, 누군가가 달려가며 소리쳤다.

"침대에 있는 베개 커버를 빨리 벗겨올게요!"

"같이 가요!"

*

사람들이 점점 빠르고 견고하게 작전을 완성해 나갈 때, 침대를 뒤집어 분해한 남자 세 명이 돌아왔다. 곧이어 수많은 베게 커버도 돌아왔고, 사람들은 그것을 엮어 긴 밧줄을 만들었다. 혹여나 밧줄이 끊어질까, 몇몇 사람들의 지식을 빌려 끊어지지 않게 만든 줄이었다. 완성이었다.

다 함께 막대를 유리의 틈 사이에 넣고, 여자가 외쳤다.
"하나, 둘, 셋!"

그렇게, 사람들은 들어올렸다. 투명한 유리판이 살짝 올라옴과 동시에 사람들이 그것을 뒤집었다. 분명 몇 초도 안 되는 찰나였지만, 소녀는 보았다. 반짝이는 유리 조각에 비친 미래의 순간들을, 허공으로 올라왔다 천천히 떨어지는, 우리가 만들어 낸 미래의 조각을, 소녀는 똑똑히 보았다. 그것을 본 사람은 소녀만이 아니었는지, 두 사람의 입가에 미소가 떠올랐다.

각자의 조각들로 만들어진 밧줄이 내려갔다.

살았다.

에필로그

"여긴…"

익숙한 공간이었다. 나는 우리 집 베란다 앞에 서 있었다. 어느새 빗소리도 들리지 않았고, 하늘은 연한 회색빛으로 변해 있었다.

'돌아… 왔네?'

주위를 둘러보아도 어김없이 나의 방이었다.

'다 꿈이었나?'

머릿속이 이상하게 정리되는 느낌이었다. 어두운 터널을 뚫고 나온 것처럼 후련했고 동시에 알 수 없는 감정이 섞여 가슴을 꽉 채웠다. 슬픔일까, 기쁨일까, 아니면 둘 다일까. 기억을 곱씹으며 소파에 주저앉았다. 그 순간, TV가 켜지며 아나운서의 목소리가 흘러나왔다. 소파 위의 리모컨을 깔고 앉은 듯했다.

"이번 폭우로 인한 사상자는 한 명도 없다고 하는데요, 시민들의 노력으로 반지하 등 침수위험지역 거주민들이 모두 구조되며 이른바 기적을 만들어냈습니다. 특히 서

울의 한 아파트 앞 반지하에 살던 70대 여성과 한 소년이 구조되어 화제가 되고 있는데요…"

뉴스를 보던 나는 당장 핸드폰을 집어 들었다. 믿을 수 없었다. 검색창을 클릭하려고 했을 때, 무언가 바뀌었다는 사실을 깨달았다.
홈페이지 첫 화면의 뉴스 기사들이었다.

[화제] 기후변화 대응 시민단체, 여당 대표 직접 만나 폭우 침수 대책 요구
[화제] 페트병 라벨 안 떼도 비중분리 가능. 불투명한 환경 대책, 시민들 기만
[실시간] 반지하 폭우 참사 시민 인터뷰, "기후변화, 미래의 경고가 아냐"

잃어버렸던 조각을 찾은 느낌이 들었다.
자리에서 일어나 밖으로 나섰다. 뉴스에 나온 반지하에 가볼 생각이었다. 힘찬 발걸음 위로 빗방울이 떨어지

기 시작했다. 회색빛 하늘 아래 다시 비가 내리고 있었다. 옷이 젖어갔지만 기분은 나쁘지 않았다.

그 빗속을 걸어가는 나의 모습이, 비를 맞고 깨어나는 사람들의 모습과 겹쳐져 미소가 지어졌다.

상쾌한 아침이었다.

각자의 조각들로 만들어진 밧줄이 내려갔다.

이소율 소설

초록 우체통

"기후 위기에 대해 여기저기서 이야기를 많이 들었지만
불과 25년 후에 그 정도가 된다니 충격적이고 믿기지 않아.
난 내가 뭘 할 수 있는지 모르겠어."

과거의 누군가에게

안녕하세요, 재생 플라스틱 섬유에 쓴 제 편지가 과거로 잘 전달됐을까요? 만약 이 편지를 읽고 계신다면 편지를 발견하신 그 새까만 우체통에 시공간을 넘나드는 마법이 있는 게 분명해요!

전 과거에 한국에서 살았던 열세 살 이도윤이에요. 지금은 몽골 고산지대에 있는 그린라이트 피난처에서 생활하고 있는 기후 난민이랍니다. 최근에 기후 난민의 수가 10억 명을 돌파했어요. 지금 지구 상황은 거의 대멸종 사태로, 전 인류가 질병과 이상기후에 시달리고 있어요.

대부분의 사람들은 행복한 일상과 골치 아픈 환경 문

제 중 행복하고 평범한 일상을 택하겠죠. 그러나 저희는 선택권도 없어요. 과거 사람들과 협력하여 더 나은 세상을 만들고자 누군가에게 이 편지를 씁니다.

제발 도와주세요. 마법의 우체통을 통해 꼭 답장해 주세요.

2050년 2월 27일 이도윤

이도윤 님 맞으시죠? 편지를 받은 사람인데요. 출근길에 집 앞 우체통에서 종이를 발견했어요. 낡아빠져서 사용하지 않는 우체통인 줄 알았는데… 그쪽, 누군지 바른대로 말하세요. 목적이 뭐죠? 기후 난민에 피난처에 대멸종에 이상기후에 마법의 우체통에… 다 말도 안 되잖아요. 사기꾼은 아닌 것 같지만, 이런 편지 여기로 보내지 마세요.

편지를 받은 분께

안녕하세요, 저번에 편지 보낸 도윤인데요. 저 사기꾼 아니에요. 진짜 미래의 사람이에요. 지구온난화가 너무 심각해져서 기후 난민이라는 사람들이 생긴 거예요. 그리고 저의 목적은 구조 요청이라고요. 미래에 지구가 어떻게 파괴되는지 과거 사람들에게 알려서 더 나은 미래를 만들고 싶어요. 그러기 위해서는 과거가 바뀌어야 해요. 물과 식량 약탈을 위한 국가 간 분쟁이 계속되고 있고 이를 중재하기 위한 세계 정부조차도 자기들의 이익만 챙기려 하고 있어요. 이런 불안정한 세상에서 자라나는 아이들을 도와주세요. 미래의 후손을 위해서라도 제발 도와주세요.

2050년 3월 2일 이도윤

도윤이에게

하… 그래, 안녕. 이름이 도윤이라고 했지? 난 최민우이고 25세야. 보험회사에 다니는 평범한 직장인이란다. 기후 위기에 대해 여기저기서 많이 들었지만 불과 25년 후에 그렇게 된다니 충격적이고 믿기지 않아. 난 내가 뭘 할 수 있는지 모르겠어. 그래서 말인데 앞으로 나한테 어떤 일이 일어날지 예언해 줄 수 있겠니? 만약 네 예언이 현실이 된다면 너를 믿고 도와줄게.

2025년 3월 3일 최민우

민우 아저씨께

안녕하세요? 아저씨, 답장 써 주셔서 정말 감사합니다.

어젯밤, 피난처 통제실에 몰래 들어가서 컴퓨터로 자료 조사를 했어요. 컴퓨터를 잘 사용할 줄 몰라서 친구 카를로스 리베라가 도와주었어요. 가까스로 안 들켰죠. 먼저 아침에 버스를 기다릴 때 쓰러질 수 있으니 조심하세요. 또 아저씨 동네에 대형 산불이 날 거예요. 새로운 감염병도 발생할 수 있으니 건강 잘 챙기시고요.

제 예언이 현실이 되면 연락 또 주세요. 안녕히 계세요.

2050년 3월 7일 이도윤

도윤이에게

도윤아, 너의 예언이 실제로 일어났어. 어느 아침, 회사에 가려고 여느 때처럼 버스를 기다리고 있었어. 그날 기온은 42도를 넘었고 습도는 80퍼센트였지. 기분도 엉

망이고 속도 답답했는데 눈꺼풀이 자꾸만 내려앉고 시야가 흐릿해졌어. 정신을 차리고 보니 병원 천장이 보였지. 누군가 쓰러진 나를 발견하고 급히 병원으로 데려온 거야. 그 땡볕에 쓰러진 채로 계속 있었다면 난 지금쯤… 휴… 진짜 천만다행인 것 같아. 그분께 정말 감사해. 도윤아, 기온이 지금보다 2도만 상승해도 인도 및 중동 지역의 대도시는 집 밖으로 나가는 순간 살인적인 위험이 동반될 수 있다는 이야기를 들었어. 너는 잘 지내고 있니? 2051년의 여름이 궁금해.

2026년 8월 27일 최민우

민우 아저씨께

안녕하세요, 아저씨. 바로 병원으로 이송되셔서 정말 다행이에요.

피난처 이야기를 좀 해 볼게요. 전 아직 건강하긴 하지만… 휴, 저희 피난처 식구들 중 라힘 칸이라는 한 살 차이 동생이 있어요. 방글라데시에서 살았는데 해수면 상승으로 인해 집이 거의 다 물에 잠겨 여기로 왔대요. 벵

골호랑이 왕국이었던 맹그로브 숲을 포함한 방글라데시의 대부분 지역과 몰디브, 인도네시아의 자카르타 등이 바닷속으로 잠기고 있어요. 라힘은 여름만 되면 어지러워하고 자주 탈이 나요. 저와 카를로스가 정성껏 돌봐주고 있어요. 저랑 동갑내기인 카를로스 리베라는 푸에르토리코에서 엄청난 규모의 허리케인을 겪고 여기로 왔어요. 카를로스와 저는 서로에게 없어선 안 되는 존재예요. 또 정이 많으신 리안 아저씨는 여름만 되면 계속 "과거 사람들이 기후 예측에서 핵심 투입 값이 미지수라는 걸 알았더라면"이라고 말씀하세요. 요즘 미친 듯이 오르는 기온 때문에 스트레스가 많으신 것 같아요. 이런 증상을 온열 스트레스라고 불러요.

* 추신: 저는 작년에 말라리아에 걸려서 한동안 고생을 했지만 기적적으로 회복했어요.

2051년 9월 1일 이도윤

도윤이에게

도윤아, 안녕. 기후 위기 관련 자료들을 읽다 보니 나

자신이 우물 안의 개구리처럼 느껴지더구나. 그저 돈을 많이 벌어서 나중에 잘 먹고 잘 살 생각만 했는데 기후 위기가 사람들의 목숨을 위협하고 소중한 일상을 빼앗는 시대가 오고 있다니까 두렵고 허무했어. 이제는 옷을 살 때도, 에어컨을 틀 때도 마음이 불편하구나. 그런데 기후 위기에 무관심한 것보단 이게 훨씬 나은 것 같아. 아저씨도 뭔가 해보고 싶은데 잘 모르겠어. 그래서 너에게 조언을 구하려고 해.

2026년 9월 5일 최민우

민우 아저씨께

고민을 많이 해 보았는데 시간을 거슬러 지구를 지키는 모임, '시지모'를 만드는 거 어때요? 이왕 결심한 거 적극적으로 해봐야죠. 다 함께 힘을 모으면 안 되는 게 없어요. 그리고 아저씨가 보험 회사에 다닌다고 하셨잖아요. 카를로스와 리안 아저씨가 그러는데요, 과거에는 기후 보험 같은 것도 있었대요. 혹시 아저씨 회사에 없다면 한 번 시도해 보시는 건 어때요?

그리고 책 한 권 추천해 드릴게요. 데이비드 월러스 웰즈의 『2050 거주불능 지구』라는 책이에요. 제가 피난처에 들어오자 카를로스가 이 책을 주었어요. 내용이 지금 상황과 너무 비슷해서 소름이 돋았던 기억이 나요. 꼭 읽어보세요. 다음에 또 편지할게요. 안녕히 계세요.

2051년 9월 20일 이도윤

도윤이에게

도윤아, 좋은 소식이 있어! 회사 동료들과 환경단체 시지모를 만들었어. 네 이야기를 해줬더니 다들 흥미로워하면서 해보자고 하더라. 그리고 기후재해 보험 상품은 시지모 회원들과 회사에 건의해서 등록했어. 탄소 배출량에 따라 가격도 다르게 매길 거야.

지난주에는 화석 발전소 앞에서 환경 보호 시위가 있어서 참여했는데 기쁘게도 함께 시위를 한 아이들도 시지모 회원이 되어 주었어. 또 매일 아침 출근길에 플로깅도 하고, 음식점이나 카페를 갈 때도 텀블러나 용기를 가져가. 이제 정말 환경운동가 다 된 것 같지?

최근에 시지모 이야기가 신문에 실렸는데 기사를 본 사람들에게서 시지모 회원이 되고 싶다는 메일이 많이 오고 있어! 그중 어떤 사람들은 미래의 사람과 편지를 주고받고 있고 시간을 거슬러 소통하는 모임, '시소'에 가입되어 있다고 했어. 그래서 시지모와 시소가 함께 힘을 합치자고 했더니 모두가 동의했어. 환경보호와 소통의 콜라보라니, 정말 멋지지 않니? 시지모 규모가 예상보다 커지고 있어. 도윤아, 네 덕분에 내 삶이 더욱 보람차고 행복해진 것 같아.

전 세계 사람들이 지구에서 행복한 미래를 그릴 수 있도록 끝까지 가 보자!

* 추신: 우체통 가장자리가 빨간빛이더라? 너도 그렇니?

2026년 10월 4일 최민우

민우 아저씨께

너무 놀랍고 기뻐요. 피난처 식구들도 편지를 읽고 환호했어요! 파이팅!

* 추신: 아저씨도 발견하셨군요, 저도 우체통 가장자리가 빨간빛

인 걸 보았어요. 처음에는 검은색이더니 점점 검붉은 색으로 변하고 있네요.

2051년 10월 5일 이도윤

도윤이에게

도윤아, 너의 두 번째 예언도 현실이 됐어. 우리 집 근처에서 대형 산불이 났어. 지금 진압한 지 7일째인데 아직도 불길이 잡히지 않아. 우리 집 창문에서 그 산이 바로 보이니까 볼 때마다 네 생각도 나고 무서워. 산불로 인해 전형적인 탄소 흡수원이었던 산이 탄소 공급원으로 뒤바뀌고 있다고 들었어. 요즘 대기 질도 엄청 나쁘길래 산불의 영향을 알아보다가 산불이 대기오염 노출 사례도 증가시킨다는 것을 알게 되었어. 2019년에 있었던 충격적인 사례를 이야기해 줄게. 러시아 시베리아 지역의 대형 산불이 한 달 이상 확산되면서 대한민국 면적의 3분의 1에 달하는 산림을 불태웠대. 그리고 산불로 인한 연기는 미국 알래스카까지 퍼져나갔지. 2019년이면 내가 고등학교 3학년 때야… 그때는 공부하느라 그런 걸 전혀 모르고 살았어. 눈물이 나.

2026년 11월 2일 최민우

민우 아저씨께

안녕하세요. 결국 두 번째 예언까지….

최근에 저희 피난처에 마르가리타 베르코바라는 분이 오셨어요. 러시아에서 피난처로 오는 동안 신종 바이러스에 감염되어 격리실에서 치료를 받고 계세요. 시베리아 지역 영구동토층이 녹으며 몇백 년 동안 잠들어 있었던 '크리오바이러스'가 깨어났다는 소식에 모두들 두려워하고 있어요. 과거 코로나19도 환경파괴로 박쥐들의 서식지가 바뀐 탓이었대요. 크리오바이러스가 코로나19처럼 널리 퍼지면 어떡하죠…?

2051년 11월 7일 이도윤

도윤이에게

아프지 말고 건강하렴. 노력의 성과가 보일 때까지 우리 끝까지 최선을 다하자. 2026년 11월 10일

민우 아저씨께

 안녕하세요. 아저씨의 위로는 제 마음을 너무나도 따스히 다독여 주네요.

 오랜만에 카를로스 리베라와 피난처의 작은 공원에서 함께 놀았어요. 대기질이 매우 안 좋아서 피난처 밖으로 나가지 못하거든요. 술래잡기나 숨바꼭질을 하려다가 공원이 너무 작고 인조 잔디밖에 없어서 결국 잔디에 누워 수다나 떨었어요. 어떻게 이 피난처로 오게 되었는지 이야기했어요. 저는 세 살 때 그린라이트 피난처로 이동하던 중, 아빠와 헤어졌어요. 폭풍우가 몰아쳤고 번개가 치자 사람들은 우왕좌왕했고 그 혼란 속에서 저와 엄마는 아빠와 헤어지게 되고…. 아빠는 지금 어디에 계실까요? 아빠가 너무 보고 싶어요. 카를로스에게 이 이야기를 했더니 아무 말없이 손을 잡아 주었어요. 카를로스의 한숨소리가 들렸어요. 장난꾸러기 라힘도, 긍정적인 카를로스도, 친절한 리안 아저씨도 그리워요.

 아, 중요한 소식을 빠뜨릴 뻔했네요. 최근에 가뭄으로 식량이 부족해져서 세계 정부에서 각각의 피난처에 보급하는 식량이 줄었다고 해요. 수자원과 식량 약탈을 위한 기후 분쟁도 심해지고 있고요. 그래서 자급자족 시스템이 부족한 저희 피난처가 이사를 가야 해요. 모두가 아저씨의 열정 가득한 노력을 떠올리며 힘을 내고 있어요.

새 피난처에 가서 다시 편지할게요. 건강하고 행복하세요!

2051년 11월 13일 이도윤

너무나도 감사한 민우 아저씨께

아저씨! 저 도윤이에요. 세 달 반 동안 아저씨가 정말 그리웠어요.

피난처 이사를 마친 다음 날, 기적 같은 일이 벌어졌답니다. 새 피난처 근처에서 마법의 우체통을 다시 발견했는데 초록색이었어요. 그런데 갑자기 우체통이 반짝이며 "일상을 되찾고 지구를 되살리시겠습니까? 지구를 위해 진심으로 소통하고 노력하는 사람에게만 선택권이 주어집니다"라는 메시지가 떴어요. 피난처 식구들과 영영 헤어질 수도 있다는 생각이 들어 망설였지만 아저씨의 노력을 헛되이 하고 싶지 않아 [예] 버튼을 눌렀어요. 한동안 주변이 온통 하얗더라고요. 다시 앞이 보이기 시작했어요. 피난처는 그대로였지만 피난처 밖으로 나갈 때 필수로 착용해야 했던 방독면이 제 얼굴에서 사라졌어요. 덥고 습한 공기 대신에 따뜻한 봄바람이 불었고 황량했던 땅은 다양한 식물들로 덮여 있었지요. 꿀벌들은 꽃들 사이를 바쁘게 날아다니고 있었고요.

'피난처였던 건물'로 들어갔어요. 텔레비전에서는 기후 위기 관련 뉴스가 나오고 있었지만 피난처 식구들 모두 건강한 모습으로 소파에 앉아 있었어요. 아저씨께서 지켜주신 지구를 건강하고 아름답게 유지할게요. 우리의 프로젝트는 끝이 났지만 편지는 계속 주고받고 싶어요. 그동안 감사했습니다.

따뜻한 봄바람이 부는 날. 2052년 3월 6일 이도윤

고맙고 언제나 따뜻한 도윤이에게

도윤아! 결국 미래가 나아졌다니 정말 놀랍고 그리고… 정말… 감사하구나….

아저씨는 가정을 이루고 나서 회사를 그만두고 가족들과 시골로 내려왔어. 이곳에서 친환경 농부로 활동 중이란다. 우리 가게 단골손님들은 바로 시지모 회원들이란다! 못난이 농산물도 사가는 좋은 손님들이야. 농부라는 내 직업에 점점 매료되고 있어. 변화의 일원이 된다는 게 어떤 기분인지 알 것 같아. 그리고 시지모의 규모가 커져서 수많은 사람들이 기후행동에 동참하고 있어. 세계 각국에서도 친환경 기업과 제품, 신재생 에너지 사용 사례가 늘고 있고 이산화탄소를 포집하고 재활용하는 기술도 많이 개발되고 있어.

도윤아, 그때, 과거로 편지를 보내줘서 너무 고마웠어. 내가 변할 수 있는 기회를 그 편지가 준 거라고 생각해. 언제까지나 가족들과 행복한 일상을 보내길. 잘 지내거라!

*** 추신: 새 집 앞에 있는 초록 우체통 속 네 편지를 보고 정말 반가웠어. 계속 편지해.**

새싹들에 햇빛이 내리쬐는 날. 2052년 3월 10일 최민우

이나린_에세이

지구를 위한다는 착각?

지구는 '마음'이나 '생활권'을 가진
'존재'가 아니다. 과학 시간에 배웠듯이 큰 동그란 돌덩어리다.
우리가 지구를 착취해서, 가장 큰 피해를 입는 건 바로 우리다.

깨끗한 환경을 위한 평범한 실천에는 재활용 쓰레기 분리수거 하기, 채식 위주의 식단 고수하기, 신재생 에너지 사용 비율 늘리기, 탄소배출 줄이기 등이 있다. 내가 사는 아파트 단지는 분리수거를 실천하고 우리 집은 배달 음식은 최대한 시키지 않는다. 매주 수요일은 '급식 안 남기는 날'로 지정이 되어 있어 학교에서 친구들과 함께 실천한다. 하지만 그런 행동들이 우리 생활에 어떤 영향을 끼치는지, 더 나아가 다른 사람들과 지구에 어떤 영향을 미치는지 나를 포함한 또래 친구들이, 진지하게 생각을 해봤을까. 그저 이게 옳은 길이겠거니 하고 넘어갔을 가능성이 더 크다.

이번 프로젝트를 위해서 『지구를 위한다는 착각』을 처음 읽게 되었다. 두께에 압도당할 뻔했지만, 읽으면 읽을수록 책을 놓기 힘들었다. 마이클 셸렌버거가 말해주는 세상은 내가 알고 있던 세계와 너무나 달랐다. 책을 다 읽고 보니 그동안 당연하다고 여겼던 '아마존이 불타면 지구의 허파가 없어진다' 또는 당연하다고 느꼈던 '분리수거만 잘 해도 지구를 살린다'와 같은 것들이 세상에 어떤 영향을 미치는지 더 고민을 하게 되었다.

『지구를 위한다는 착각』의 저자 마이클 셸렌버거는 우리가 무심코 넘어가는 이런 생각들을 지적하고 지구와 지구에 살고 있는 많은 사람들이 자연과 함께 살아가려면 어떻게 해야 하는지 자신의 견해를 펼친다. 논란이 많은 도서인 만큼, 나 역시 읽으면서 충격을 받았다. 그럼에도 불구하고 저자의 주장에 쉬이 설득되진 않았다. 특히 '원자력이 지구를 살린다' 챕터는 양쪽의 의견이 충분히 담겨 있지 않은 것 같아 동의하기 어렵고 혼란스러운 부분이었다.

'원자력이 지구를 살린다'라… 아마 한국의 청소년이라

면 이 문장이 뭔가 이상하다고 느낄 것이다. 우리는 원자력이 위험하다고 배워왔고, 일본이 2024년부터 후쿠시마 원자력 발전소에서 더 이상 "보관할 수 없다"며 버리는 오염수(처리수)가 바다 생태계를 파괴하고 있다고 믿고 있기 때문이다.

마이클 셸렌버거는 원래 미국에서 원전을 반대하던 환경운동가였다. 그런데 책에서는 정반대의 주장을 펼치고 있다. 왜 그의 생각이 바뀌었는지는 어디에도 명확히 나오지 않는다. 그 때문에 난 고개를 갸우뚱하게 되었다.

주장의 핵심은 "재생 에너지로는 지구온난화를 해결할 수 없으며, 전 세계 수억 명의 빈곤층에게 안정적으로 에너지를 공급하려면 원자력이 유일한 해답"이라는 것. 그는 원자력이 에너지 효율이 좋아 적은 양의 원자력으로 폭발적인 에너지를 생산할 수 있어 지구에 부담이 덜 가서 좋다고 주장한다.

반면 친환경 에너지는 한 번에 생산할 수 있는 에너지양도 적고, 꾸준하고 안정적으로 나오지 않으며 기존의 생태계를 파괴한다는 것이 셸렌버거의 주장이다.

그렇지만 가만히 생각해 보면 이건 원자력의 좋은 점들만 나열했을 때 성립하는 반쪽짜리 논리이다. 사실 우리나라 입장에선 경제적, 자원적으로 태양광이나 풍력발전소를 동원한 '친환경적이고 지속가능한 발전'은 완전히 이루어지기 어렵다. 그에 비해 고리 원전과 월성 원전을 지은 경험이 있어 원자력 발전을 실현할 장비나 숙련공들은 상대적으로 많다.

그러나 원자력으로 발전된 전기로 모든 걸 대체하자는 주장은 조심스럽다. 셸렌버거가 주장하는 것처럼 좋은 파급력을 끼칠 수 있을지, 확실한 본보기가 있는 것도 아니다. 그런 상황에서 "이렇게 좋은 점들이 있어요!"라고만 이야기하는 건 설득력이 부족해 보인다.

원전은 불가침 영역이 아니다. 사람이 만든 불완전한 기술에는 언제나 허점이나 예기치 못한 사고가 발생하기 마련이다. 그런데 모든 전기를 원전에서 만들자니…. 2011년 동일본 대지진 때의 일본처럼 원전 폭발 사고가 일어난다면 국민들의 건강에 미칠 악영향, 전기가 끊기거나 제대로 공급되지 않을 때의 피해 책임은 누가 질 수 있을까. 게다가 모든 나라의 상황이 똑같은 것도 아닌데, 전기 에너지를 전부 원전으로 돌리자고 하는 건 억지스럽게 느껴졌다. 많은 사람들의 생활을 좌우하는 이 문제를 그는 왜 이토록 단순하게 생각하는 걸까? 이렇게 쉽게 원자력을 받아들여도 되는 걸까?

셸렌버거는 원전 사고가 발생해도 암이나 안전 문제가 거의 없다고 통계를 근거로 들어 주장한다. 하지만 통계는 상황에 따라 다르게 해석될 수 있고, 때로는 서로 반대되는 통계가 공존하기도 한다. 그는 신재생 에너지가 환경에 좋다는 통계는 틀렸다고 비판하고 자신이 제시하는 자료가 진실이라고 말한다. 이것은 논리적으로 타당한가? 만약 그가 방사선 위험성을 나타내는 통계도 함께 분석하고, 양쪽 입장을 비교했으면 더 신뢰가 갔을 것이다. 후쿠시마 원자력 발전소 주변의 피폭된 지역에서 직접 살아본 것도 아니면서, 원자력이 안전하다고 어떻게 단정할 수 있는 걸까?

책을 읽으며 느낀 심각한 문제는 따로 있다. 바로 기술 발전과 경제 성장만이 우리가 살아갈 유일한 방법이라고 믿는 태도이다. 사람은 불안하면 '신경 안정제'를 끊임없이 찾는 경향이 있다. 이미 예견되어 있고, 뭘 해도 바꿀 수 없는 암울한 미래가 닥쳤을 때 (공부를 하지 않았는데 중간, 기말고사가 코앞일 때) 대부분 그 피해를 외면하고 싶어 한다. 기후 위기의 경우 두 가지 극단적인 형태로 나타난다. 하나는 '기술이 모두를 구원할 것'이라는 믿음이고, 다른 하나는 '내일모레 당장 지구가 멸망할 것이라고 떠벌리는' 공포이다. 셸렌버거는 전자를 지지하는 사람인 것 같다.

환경과 기술에 대한 내 생각은 이렇다. '통계적으로 안전하다'라는 말만 되풀이하지 말자. 결국 완벽해지지 않을 기술과 사회를 탓하지도 말고, 완벽한 해결책을 만들라고 닦달하지도 말고 고통받는 사람들에게 집중을 했으면 좋겠다. 환경 휴머니스트 중 "휴머니스트"에 더 집중하자는 것이다.

생각해 보면 인간이 기후 위기를 만들었지, 순수한 '기술'이 이 악순환을 만들었다고 할 수 없다. 그렇기 때문에 이 책을 읽는 사람들에게 꼭 하고 싶은 말은 "이제 '아폰 지구'에서 눈을 떼자"는 것이다. 우리는 우리의 편의를 위해서 다른 '사람'을 착취했다. 지구가 착취된 건 부차적인 문제다. 왜냐하면 지구는 '마음'이나 '생활권'을 가진 '존재'가 아니라 과학 시간에 배운 그저 큰 동그란 돌덩어리이기 때문이다. 우리가 착취해서, 쥐어짜서 가장 큰 피해를 입는 이들은 인간이다. 바로 우리. 백 번 강조해도 달라지지 않는 사실이다. 지구 반대편에 사는 이들의 이야기까지 가지 않아도 된다.

우리나라에서 상대적으로 가까운 동남아에만 가도 강대국의 착취 때문에 병들고, 오염된 환경에서 살아가야 하는 이들이 많다. 그런데 그들을 기술로 구하자니, 이해가 되지 않는다. 우리의 기술을 구현하려고 그들이 이렇게 살게 되었는데? 근본적인 문제는 이것이다. '인간이 다른 인간을 착취해서 얻은 풍요에 대한 책임을 착취당한 이들에게 다시 전가하려는 걸까? 그들의 생활이 친환경적으로 바뀌면 모든 게 해결될까? 기술로 그들의 생활 수준을 끌어올린 다음 친환경적으로 살게 하면… 그땐 피해자가 다른 나라로 바뀌는 게 아닐까?' 이것이 자본

주의의 악순환이자 '기술 발전'의 후광이 가리는 모순이자 맹점이다.

우리는 분리수거를 하고, 가끔 "불쌍한" 아프리카 사람들을 후원을 하며, '친환경 브랜드'에서 '친환경 소비'를 한다. 그런데 묻고 싶은 게 하나 있다. '그 주체가 누구인가?' 어떤 일의 주체는 아주 중요하다. 부모들이 원하는 '자기주도 학습'은 주체가 '학생'이 되어야 의미가 있다고 하지 않나? '친환경'도 마찬가지다. 지구가 주체이냐, 사람이 주체이냐에 따라 취하는 전략, 바라보는 목표는 천지 차이다.

이제 아픈 지구는 잊자. 시선을 돌려 '아픈 사람들'을 직시하자. 그동안 외면해서, 당연하게 여겨서 온몸으로 '친환경적인 삶의 환상'의 결과를 감내해야 했던 진정한 피해자들을 말이다. 마지막으로 궁금한 게 있다. 우리가 서로를 돕지 않는다면, 되려 외면하고 버린다면⋯ 마지막에 누가 나를 도울까?

이 책을 읽는 청소년 독자들에게 특별히 하고 싶은 한마디가 있다.

"이 책을 곧이곧대로 믿지 마라."

이 문장은 『지구를 위한다는 착각』 앞부분에 나와 있는 문장이기도 하다.

이는 이 책을 추천하는 이유이기도 하다. 우리는 대부분의 정보를 미디어 매체를 통해서 전달받는데, 그렇다 보니 어떤 내용을 접했을 때 "아, 그런가 보다" 하고 무심히 넘기는 경우가 너무 많다. 하지만 『지구를 위한다는 착각』 책의 경우처럼, 처음 생각했던 것과 전혀 다른 논리와 시각을 마주하게 될 때, 한 번쯤 멈춰서 생각해 볼 필요가 분명히 있다고 생각한다.

꼭 이 책이 아니더라도, 앞으로 어떤 글이나 정보를 접할 때, 그 내용을 그대로 믿기보다 '진짜일까? 다른 관점은 없을까?' 하고 스스로 질문을 던져보면 좋겠다. 그리고 나에게도 그랬듯이, 그 시작점을 이 책 『십 대가 지구를 구하는 방법』이 만들어주었으면 좋겠다.

유채현_에세이

지구는 완벽보단 꾸준함을 원한다

두 번째 지구는 없다.
뜨겁게 달궈진 냄비의 온도가 내려가는데
오랜 시간이 걸리는 것처럼 지구도 그 온도를 내리고
자신의 몸을 재정비할 시간이 필요하다.

사람들은 말한다, 환경을 보호하자고. 형식적인 말은 너무 익숙하다. 『두 번째 지구는 없다』라는 책을 보았을 때 제목이 신기하다고 생각했다. 우리는 지구가 무한한 자원을 가진 것처럼, 망가뜨려도 다시 만들면 될 것처럼 행동한다. 하지만 저자는 단호하게 "두 번째 지구는 없다"고 말한다. "두 번째 지구는 없다"는 한 문장이 깊게 와닿았다.

이 책은 일상에서 환경을 위해 실천할 수 있는 방법을 알려준다. 플라스틱 사용을 줄이고, 대중교통을 이용하고, 육식보다 채식 비중을 늘려가는 건 중요하다. 하지만 이 내용은 다른 환경 책에서도 흔하게 볼 수 있는 방법들이다. 난 이 책이 조금 더 낯설고 참신한 질문을 던져주길 바랐던 것 같다. 환경을 다룬 책들과 차이점이 별로 없었으니까. 예를 들면 '사람들은 환경 보호가 중요하다고 말하는데 왜 실천은 안 할까?' 같은 문제를 다루었다면 어땠을까? 더 많은 질문과 생각할 거리를 던져 흥미를 끌어냈다면 어땠을까? 이런 질문이 드는 책이었다.

나는 자연을 좋아하고 지키고 싶은 사람이다. 하지만 이상하게도 진짜로 무언가를 실천하기는 너무 힘들다.

왜 그럴까? 난 태어날 때부터 일회용품을 밥 먹듯이 사용했고, 황사와 각종 먼지 때문에 마스크를 매일 착용했다. 지구는 이미 파괴되고 훼손된 상태였다. 지금, 2025년을 살아가는 2030 세대는 이미 파괴된 환경에 태어났다. 대부분이 어릴 때부터 일회용품 사용에 익숙해져 있어서 이 습관을 바꾸기 쉽지 않을 것이다. 그런데 타일러 라쉬는 우리가 플라스틱 사용을 줄이면 자연스럽게 기업과 국가도 플라스틱 사용을 줄일 거라고 주장한다. 기업들은 환경 보호의 중요성을 알고 있음에도 값

싸고 편리한 플라스틱 포장과 제품을 생산한다. 물론 소비자 역시 버리기 편하고 접하기 쉬운 플라스틱을 자주 사용한다. 만약 어떤 사람이 환경을 지키기 위해 대중교통을 이용하기로 결심했다고 하자. 그 사람이 나처럼 지방에 사는 사람이라면 대중교통이 없기에 어쩔 수 없이 차를 이용해야 할 것이다. 버스를 타고 전국으로 여행을 다니고 싶어도 이용 가능한 교통편이 너무 없어 실용성이 떨어진다. 기차나 비행기, 지하철을 타고 싶어도 이것을 이용할 수 있는 시설이 없다. 즉 대중교통을 이용하려면 대중교통을 이용할 수 있는 곳까지 자동차를 이용해서 가야 한다. 결국 기업이나 국가가 변하지 않으면 환경을 지키는 일은 절대로 쉬워지지 않을 것이다. 그럼에도 불구하고 한 개인의 노력이 지구를 뒤바꾼다는 메시지는 인상적이었다. 개인의 노력만으로 환경을 지키고 지구를 바꾼다는 것이 사실일지 궁금했다.

 책에서 이야기하는 것처럼 우리가 변하면 자연스럽게 국가와 기업도 변한다는 걸 알 수 있게 어떤 기업이나 국가가 환경을 지키기 위해 노력한 사례가 있었다면 어땠을까? 삼성전자가 제품 포장지에 플라스틱 사용을 최소화하고, 친환경 패키지를 도입했다는 내용이라든지, 유럽연합EU이 일회용 플라스틱에 관한 지침을 채택해 플라스틱 제품의 사용을 제한하고 대체재 사용을 촉진했다는 사례가 있었다면 더 이해하기가 수월했을 것 같다.

책에서 다루는 내용들이 대부분 아는 내용이라 아쉬웠지만 덕분에 오히려 환경 문제를 바라보는 다양한 시각을 길러야겠다는 생각이 들었다. 기후 위기를 단순히 지구 보호의 관점으로 보기보다 신재생 에너지와 관련지어 생각해 본다면 다양한 해결 방법이 나오지 않을까.

예전에 디냅이라는 프로그램을 통해 미래의 꿈을 찾는 과정에 합류한 적이 있었는데, 그때 내 꿈은 신소재 공학자였다. 신소재 공학을 알아가는 것과 더불어 신소재 공학이 환경에 이로운 점을 스스로 찾아보고 신소재 공학 분야에 흥미까지 갖게 되었다. 신소재 공학은 새로운 기능을 가진 재료, 향상된 재료를 개발하고 응용하는 학문으로, 신재생 에너지의 발전에도 영향을 끼치고 있다. 이 기억을 더듬어보니 지금 쓰고 있는 이 글에도 신소재 공학을 접목시킬 수 있겠다는 생각이 들었다. 신재생 에너지는 자연에서 지속적으로 재생되는 에너지로, 고갈되지 않으며 환경오염이 적은 에너지원으로 에너지를 생산해 지구 보호에 큰 영향을 미친다. 그중 하나로 바이오매스 에너지가 있다. 바이오매스 에너지란 식물, 동물, 미생물 등 생물체에서 유래하는 유기물을 연료로 활용하는 에너지이다. 바이오매스는 생장 과정에서 이산화탄소를 흡수하고, 생활 폐기물을 에너지 원료로 활용함으로써 폐기물 처리 문제를 해결하기도 한다.

이처럼 늘 생각해 오던 똑같은 방식이 아니라 다른 시각으로 환경 문제를 바라보게 되면 오히려 더 나은 해결 방안을 찾을 수도 있지 않을까.

이 책에서 인상적이었던 부분은 환경 문제의 해결책이 결국 우리 세대에게 달려 있다는 점이었다. 타일러 라쉬는 기후 변화나 환경 파괴가 과학의 문제가 아니라 사회적 문제이기도 하다고 이야기한다. 어떤 제품을 살지, 어떻게 소비할지 그리고 어떤 정책을 지지할지에 따라 미래는 완전히 달라질 수 있으니 말이다.

특히 미국과 한국에서 경험한 환경 인식의 차이를 이야기하는 부분도 흥미로웠다. 미국에서는 친환경 제품을 흔하게 찾을 수 있고, 일상에서 환경을 생각하는 습관이 비교적 자연스럽게 자리 잡았다고 한다. 반면, 우리나라에서는 앞에서 말했듯 편리함이 우선시 되는 경우가 많고 재활용이 활성화되어 있는 듯 보이지만 분리수거가 잘 이루어지지 않는 경우도 많다. 두 나라 사이에 인식의 차이가 있다면, 앞으로 어떤 방향으로 환경을 보호해야 할지 고민이 되었다.

책을 읽으며 내게 질문을 던져 보았다. 난 환경을 지키고 싶은 사람이라고 말할 수 있을까? 책 속 예시에 우리가 무심코 저지르는 행동들이 나오는데 전부 내가 하는 행동들이었다. 대표적으로 기후 위기를 막기 위해 빨대를 줄여야 한다는 이야기를 들으면 난 늘 고개를 끄덕였다. 하지만 정작 음료를 살 때 빨대를 받지 않겠다고 말하지는 않았다. 텀블러를 챙기는 건 귀찮다는 이유로 모른 척하고 넘어갔다. 카페에서 플라스틱 컵을 받을 때 아무런 고민도 하지 않고 그저 재활용 되겠지, 이런 일차원적 생각만 했었다. 이런 일을 떠올려 보니 '정말 환경을 보호하려는 마음이 있는 게 맞나? 내 편리함을 더 중요하게 여긴 게 아닐까?' 하는 생각이 들었다.

타일러 라쉬는 환경 문제가 단순한 지식의 문제가 아니라 태도의 문제라고 말한다. 우리는 이미 지구가 파괴되고 있다는 걸 잘 안다. 그런데도 행동하지 않고 실천하지 못하는 건 우리가 그 상황에 익숙해져 있기 때문이다. 편리함에, 익숙한 소비 방식에, 남들도 다 그렇게 하니까 그냥 무심코.

부끄러웠다. 지구를 지키고 싶다고 말하면서도 '내 일상이 불편해지는 것'만큼은 원하지 않았다는 사실이. 나는 오늘도 옷이 부족하고 디자인이 마음에 들지 않는다는 이유로 새 옷을 산다. 굳이 필요하지 않지만 남들도 다 새로 사니까 괜히 사고 싶고, 가지고 싶어서 말이다. 이런 불필요한 소비가 기후 위기를 악화시킨다는 걸 알면서도 말이다.

 타일러 라쉬는 하는 척이 아니라 진심으로 실천하는 과정을 보여준다. 가끔은 그도 헷갈리고 많이 힘들어서 계속 고민한다고 한다. 그런데도 그는 포기하지 않는다. 완벽하지 않아도 계속 노력하는 것이 중요하다고 말한다. 일상생활에서 아무렇지도 않게 일회용품을 쓰는 건 몸에 해롭다. 또 일회용품이 쌓이고 쌓이면 미래 세대가 더 이상 살기 어려운 지구가 남게 된다. 지구 보호는 올바른 선택일 뿐 아니라 내일을 위해, 나를 위해, 더 나은 삶을 위한 선택이 아닐까.

 책을 읽은 뒤, 한 가지 메시지를 얻었다. 환경 보호는 완벽해야 하는 것이 아니라 꾸준히 해야 하는 과정이라는 것. 지구는 완벽한 보호를 원하는 게 아니라 꾸준한 실천을 원한다는 것, 마치 공부와 비슷한 것 같다. 나는 중학교 1학년, 첫 번째 시험 때는 공부를 하려는 마음은 있었지만 열심히 하지 않았다. 낮은 점수를 받았지만 2학년 중간고사 때는 계획을 세워서 준비를 하니, 성적이 오르기 시작했다. 누구나 처음부터 완벽하진 않다. 완벽하지 않아도, 거창하지 않아도 조금씩 꾸준히 해나가면 무엇이든 목표에 도달한다는 생각이, 환경을 지키는 가장 쉬운 방법이 아닐까.

이 책은 환경 책이 궁금한 입문자가 읽으면 좋을 것 같다. 어렵지 않은 내용과 타일러 라쉬의 경험이 많이 담겨 있어서 수월하게 책장이 넘어간다. 환경에 관심이 생기기 시작한 모든 연령의 사람들이, 거부감 없이 기후 위기 문제를 받아들일 수 있을 것이다. 반대로 환경 책을 많이 읽어온 사람에게는 뻔할 수도 있다. 전문적 데이터, 논문 같은 근거 자료가 풍부하지 않아서 아쉬운 점이 많았다.

내가 만약 작가라면 구체적인 실천 방안보다 조금 더 생각해 볼 수 있는 주제로 글을 쓸 것이다. 예를 들어 "자연이 우리를 보호하는 것이 아니라 우리가 자연을 보호해야 하는 이유는 무엇일까?"라는 질문을 던질 수도 있다. 45억년 전에 형성된 지구는 빙하기와 간빙기를 겪으며 스스로 회복해 왔다. 이 사실을 아는 사람들은 우리가 지구를 위해 왜 애를 써야 하는지 이해가 안 될 수도 있다. 지구는 늘 스스로 회복했으니까.

현재 지구인은 지구에 있는 자원을 있는 대로 끌어다 사용하며 지구 종말을 앞당기고 있다. 현재 우리는 1년 동안 써야 할 자원을 4개월 만에 다 소비하고 그 다음 해의 자원을 엄청난 속도로 끌어다 쓰고 있다. 지구가 스스로 회복하는 시간보다 우리가 지구를 파괴하는 속도가 더 빠르기 때문에 이제라도 우리의 행동을 멈추고, 내일을 위해 자원을 아껴써야 하지 않을까.

이런 질문을 자주 던져본다면 더 깊고 촘촘하게 환경 문제를 고민하고 대안을 생각해 볼 수 있지 않을까?

두 번째 지구는 없다. 뜨겁게 달궈진 냄비의 온도가 내려가는데 시간이 걸리는 것처럼 지구도 자신의 온도를 내리고 자신의 몸을 재정비할 시간이 필요하다.

자신의 몸을 우리에게 가만히 내어주는 첫 번째 지구는 있다. 하지만 우리가 지금처럼 지구를 막 대하고 자원을 낭비하면 지구는 없어질 것이다. 우리가 살아갈 터전을 보살피는 건 어쩌면 지구와 우리에게 서로 도움이 되는 일 아닐까? 이제라도 우리가 살고 있는 첫 번째 지구를 같이 아껴보면 어떨까.

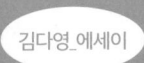

모든 게 귀찮고 짜증이 날, 십 대에게

"부모들은 자녀를 가장 사랑한다고 말하지만
기후변화에 적극적으로 대처하지 않는 방식으로,
자녀들의 미래를 훔치고 있어요."

이 글을 쓰고 있는 난 열네 살이다. 어떻게 보면 길고, 또 짧은 인생을 살았다. 가장 다사다난했던 해는 2023년, 초등학교 5학년 때다. 열두 살 때, 처음으로 친구와 크게 싸워도 보고, 학교에는 지각하기 1분 전에 도착하곤 했다. 처음으로 경험한 일들이 정말 많았고, 어떻게 행동해야 할지 몰라 당황스럽기도 했었다. 그래도 뿌듯한 일이 하나 있었는데, 내가 사는 지역의 영재교육원에 합격한 것이었다. 그리고 교육원에서 친구들과 모여 만든 팀에서 팀장이 되었다. 우리 팀의 이름은, 그린 플라스틱 파트너스. 그 시절로 돌아간다면 저렇게 별로인 팀명보다 다른 이름을 지었을 것 같지만….

어쨌든 팀 프로젝트의 목적은 이것이었다. 사람들이 플라스틱 병과 통을 재활용하지도, 줄이지도, 대체하지도 않는 것에 대한 해결 방안을 찾는 것. 우리가 정의한 문제는 "플라스틱 통을 재활용하는 것, 대체하는 것, 줄이는 것을 어떻게 하면 사람들이 편하게 할 수 있을까?"였다. 난 재활용이 잘되지 않는 원인이 귀찮음에 있다고 생각했다. 사람들은 이미 환경오염의 심각성을 인지하고 있지만 "실천"하지 않기 때문에 해를 거듭할수록 지구 온난화가 심각해지는 게 아닐까.

그래서 우리는 사람들이 재밌게! 즐겁게! 플라스틱을 재활용하고, 대체하고, 줄일 수 있는, 해결 방안을 찾기로 했다.

먼저 첫 번째로, 농구 골대 쓰레기통을 만들기로 했다. 농구 골대 쓰레기통이란, 쓰레기통 위에 농구 골대를 설치해 쓰레기를 농구 골대 안으로 골인, 재밌게 넣게 만든 쓰레기통이다. 농구 골대 세우기는 나의 숙제였다. 아파트 관리사무소 직원분들과 환경미화원분들의 허락을 받는 과정은 험난했지만 실제로 골대를 세우고 나니 뿌듯했다. 그리고 쓰레기통 위에 종이를 붙여두고 분리 배출이 조금이라도 덜 귀찮아졌는지, 아직도 귀찮은지 설문 조사를 했다. 열아홉 명이 분리 배출이 덜 귀찮아졌다고 체크했고, 열두 명은 분리 배출이 여전히 귀찮다고 했다.

두 번째, 우리는 엔트리 코딩을 활용해 두 가지 게임을 만들었다. 하나는 화살표를 움직여 그물로 물고기가 아닌 플라스틱을 잡으면 점수가 올라가는 게임이고, 또 하나는 일반 쓰레기와 음식물 쓰레기를 구별하는 게임이었다. 사용자들의 평가를 들어보니 긍정적인 반응이 많았다. 이 활동 덕분에 교육원을 수료하던 날, 과학기술정보통신부 장관상도 받게 되었다. 초등학교별로 6학년에서 단 한 명만 받는 상을 내가 받게 되다니, 잊지 못할 놀라운 경험이었다.

이 경험을 시작으로, 다양한 환경 책들을 읽고 다큐도 보고 환경 법정 연극도 해보며 환경 문제에 대한 심각성을 하나씩 알아가게 되었다. 그리고 매일 지구를 위해 한 발짝씩이라도 노력하는 사람이 되자고 결심했다.

2025년, 우리 반은 4월 셋째 주부터 매일, 매 교시 에어컨을 틀기 시작했다. 서른네 명의 모든 친구들은 단 한명도 빠짐없이 하복을 입었다. 봄이지만 여름옷을 입는 우리 반의 모습은 전교에서, 아니 대한민국 전체에서 일어나는 일일 것이다. 기후 현실을 보면, 이제 더 물러날 곳이 없는 듯하다. 혹시라도 나와 같은 생각을 하는 청소년이라면, 열네 살인 내가 전하는 미숙할지도 모르는 환경 이야기를 귀 기울여 듣고 실천하는 멋진 친구가 되었으면 좋겠다. 환경 오염의 심각성을 인지했다면, 다양한 실천 방법들과 할 수 있는 것들을 알아보고 당장 이 시간부터 실천한다면 얼마나 좋을까.

  첫 번째로 전할 환경 이야기는 많은 사람이 좋아하는 먹거리에 대한 이야기다. 그중 컵라면과 플랜테이션에 관한 이야기를 해볼까 한다. 컵라면의 면은 팜유라는 기름으로 튀겨지는데, 팜유는 기름야자 열매의 과육을 압착하여 만든 식물성 기름을 뜻한다. 팜유는 컵라면, 비스킷, 시리얼, 과자와 같은 가공식품뿐만 아니라 화장품,

세제, 의약품, 산업용품 등 다양한 용도에 쓰인다. 사람들은 기름야자를 심기 위해, 팜유가 필요한 회사들은 숲의 나무들을 마구 밀어버리는 중이다. 이것이 바로 돈과 기술을 가진 자본가가 현지인의 노동력을 이용해서 단일 작물 농사를 대량으로 짓는 플랜테이션이다. 플랜테이션이 심각하게 일어나고 있는 나라는 노동력이 풍부한 말레이시아, 인도네시아 등 동남아시아 나라들이 대부분이다. 그리고 지금, 그 열대우림 속에 사는 수많은 동물, 예를 들어 오랑우탄은 주거지가 없어져 멸종 위기에 처해 있다.

플랜테이션과 열대우림 파괴를 막을 수 있는 방법엔 무엇이 있을까? 가장 쉬운 방법은 간식이나 생활용품을 고를 때 성분을 확인하고 팜유가 들어간 제품을 사지 않는 것이다. 우리나라 소비재의 50퍼센트가 팜유로 만들어져 있기에 이 제품을 피하기는 쉽지 않다. 하지만, 일주일에 한 번이라도 의식적으로 사지 않는다면 어떨까? 라면을 일주일에 한 번 먹고 있다면, 한 달에 한 번으로 줄이는 건 어떨까? 나는 지금까지 살면서 라면을 열 번 미만으로 먹었는데, 이렇게까지는 아니라도 할 수 있는 만큼만 줄인다면 기후 위기에 큰 도움이 되지 않을까.

이 실천은 아마도 불편할 것이다. 하지만 이런 일들이 평범한, 아무렇지도 않은 일상이 되었으면 좋겠다. 지구를 위한 모든 행동이 불편하더라도, 즐거운 불편이라고 여기면 좋겠다. 번거롭지만, 나의 행동으로 인해 지구가 덜 아파진다니, 그 불편 속에서 행복과 뿌듯함을 느낄 수 있는 사람이 되었으면 좋겠다.

이제 정의로운 먹거리, 공정무역과 로컬푸드에 관련된 이야기를 해보자. 공정무역이란 무엇일까? 공정무역은 사람과 지구를 최우선으로 생각하고 움직이는, 생산자와 소비자를 위한 무역 방식이다. 이는 현재 글로벌 운동이 되어가고 있다. 공정무역 운동이 왜 필요한지 바나나 하나로 알아보자. 바나나를 일곱 부분으로 나누어 보면, 이 중 제일 적은 부분이 농부의 수익이다. 농장 주인이 7퍼센트, 수출업자가 5퍼센트, 수입업자가 20퍼센트, 관세가 12퍼센트이다. 관세는 한 나라에서 다른 나라로 수

출할 때 내는 세금이다. 그리고 숙성 관리에도 12퍼센트의 수익이 돌아간다. 마지막으로 소매상이 39퍼센트로, 가장 많은 이익을 가져간다.

농부의 수입과 이 비율을 비교하면 엄청난 차이가 난다. 세계 무역은 모두에게 공정하지 않다. 기업들은 더 많은 이익을 원하고 소비자들은 조금이라도 싼값을 바란다. 그래서 바나나 농부의 일당을 줄이는 식으로 가격을 낮춘다. 세계 노동자들 중 40퍼센트가 하루에 2달러 미만의 돈을 쓴다. 하루 2000원~3000원 사이의 소득으로는 식량, 교육, 의료와 같은 기본적인 생활비도 감당하기가 어려운 게 사실이다.

하지만 공정무역 상품을 구매하게 되면 이런 슬픈 현실을 막을 수 있다. 많은 사람들이 공정무역에 참여할수록 생산자의 노동에 정당한 대가를 지불할 수 있다. 공정무역은 더 나은 세상을 만들기 위한 적극적인 참여 방법이다.

공정무역을 하게 되면 무엇이 좋을까? 첫 번째, 많은 이득을 취하는 중간 상인 없어지며 직거래가 늘어나고,

두 번째 공정한 가격 형성, 세 번째 지역 공동체 발전에 기여한다. 또한 환경까지 보호할 수 있다.

공정무역이 왜 환경에 중요할까? 공정무역은 환경을 지키고 배려하는 방식으로 농업할 것을 노동자에게 요구한다. 특히 농약의 최소 사용, 폐기물의 안전한 처리, 토양과 수질 관리, 유전자 변형 농작물 사용 금지NO GMO 등에 중점을 두고 있기 때문이다.

이번엔 로컬푸드에 대해 알아보자. 로컬푸드는 지역에서 생산한 농산물이나 식자재로 만든 음식을 말한다. 장거리 수송이나 다단계 유통 과정을 거치지 않아 신선한 먹거리를 소비할 수 있는 유통 문화이다. 당일 수확, 공급을 통해 맛과 영양이 풍부한 신선한 상태의 먹거리를 제공한다. 또한 언제, 어디서, 누가 생산한 농산물인지 확인이 가능하고, 중·소규모 농가 소득 안정, 지역사회 기여, 생태·환경 보전 등에 기여하는 장점도 있다. 특히 탄소 발자국을 줄여 환경 보전에 크게 기여도 한다. 탄소 발자국은 제품의 원료 채취, 생산, 운송 및 유통, 소비, 폐기 등 모든 과정에 걸쳐 발생하는 온실가스의 양을 정량적으로 나타낸 것이다. 만약 멀리서 식재료를 수입해 온다면 탄소 발자국은 늘어나지만, 로컬푸드 소비는 탄소 발자국을 줄이기 때문에 우리가 할 수 있는 기후 행동 중 가장 쉬운 방법이 아닐까 싶다.

다시 한번 정리하자면 로컬푸드는 생산자와 소비자에게 적정한 가격을 보장하며, 지속 가능한 방법으로 생산·가공을 하고, 직거래 또는 물류센터를 통한 2단계 이하의 유통을 거쳐 공급한다. 유통단계를 줄여 에너지 소비와 탄소 배출량을 낮추는 방식이다. 하지만 공정무역 제품을 사려면 돈이 많이 들고, 처음에는 귀찮을 수밖에 없다. 그래도 티끌 모아 태산이라는 말처럼 작은 노력을 지속하다 보면 지구를 살리는 세계 시민이 될 수 있지 않을까.

파인애플이나 망고 같은 열대 과일 대신 귤이나 감 같이 우리나라에서 생산되는 과일을 더 자주 구매하는 게 어떨까? 우리 가족은 내가 아주 어렸을 때부터 외식을 줄이고, 일주일에 두세 번 한살림, 자연드림, 두레생협을 이용하고 있다. 한살림이나 생협은 유기농과 무농약 위주의 로컬푸드뿐만 아니라 공정무역 제품을 많이 팔고 있다. 두바이 초콜릿이나 스웨디시 젤리처럼 화젯거리 간식들을 사 먹는 것도 큰 기쁨이긴 하지만, 로컬푸드를 사 먹으면 지구를 위한 노력, 뿌듯함이라는 성취감도 느낄 수 있다. 로컬푸드와 공정무역 제품 소비, 모두 조금씩 노력해 보자!

두 번째로 전할 이야기는 기후변화에 대한 이야기다. 기후변화의 위험에 대해서는 대한민국의 모든 학생들이 어릴 때부터 교육을 받고 있다. 그런데 왜 우리의 현실은 좋아지지 않는 걸까? 아무리 배워도 "실천"을 안 하기 때문이 아닐까. 특히 어른들과, 미국과 중국 등의 나라들은 정치와 경제에만 눈이 멀어서 탄소 배출을 멈추는 일을 하나도 실행하지 않고 있다.

그레타 툰베리가 이런 말을 했었다. "부모들은 자녀를 가장 사랑한다고 말하지만 기후변화에 적극적으로 대처하지 않으면서, 자녀들의 미래를 훔치고 있어요."

어른들이 이제라도, 기후 정의를 실천하면서 환경과 조화를 이루는 세계를 만들어가면 좋겠다.

또한, 미국과 중국 등 강대국이 기후 위기에 앞장서야만 한다. 왜 그들이 먼저여야 할까? "편리는 강대국으로 항상 흘러가지만, 피해는 가장 빨리 후진국으로 흘러가기 때문이다."

강대국들은 탄소를 가장 많이 배출한다. 2017년 개인별 탄소 배출량 1~10위를 살펴보면 카타르, 쿠웨이트, 사우디 아라비아, 호주, 미국, 캐나다, 한국, 러시아, 독일, 네덜란드 순이었다. 그리고 이 나라들 때문에 세계 전체가 고통받고 있다. 특히 폭염이나 한파 같은 이상 기후가 발생하면, 다른 나라들은 강대국에 비해 대처할 능력이나 기술이 부족하기에, 같은 상황이 발생해도 훨씬 더 많은 피해를 입게 된다.

또한, 강대국들은 앞서 살펴봤던 것처럼 약소국의 노동력으로 플랜테이션을 운영한다. 그 나라들은 강대국을 위해 희생할 수밖에 없는 처지일까? 그렇다면 우리나라는 강대국일까? 우리나라는 OECD 36개국 중 한 곳으로, 명징하게도 힘이 쎈 강대국이다. 대한민국은 힘이 없는 나라에게 친환경 기술을 알려주고, 환경 문제에 더 많은 책임을 져야 하는 위치에 있다.

한편, 나와 같은 청소년 친구들이 지금 이 시각에도 전 세계를 돌아다니며 환경 운동을 하고 있다. 그레타 툰베리, 리시프리야 칸구잠, 바네사 나카테는 모두 청소년 환경 운동가로, 기후 위기에 대한 경각심을 전 세계에 알리는 중이다.

스웨덴 출신의 그레타 툰베리는 2018년 '기후를 위한 학교 파업'이라는 행동을 시작으로 세계적으로 주목을 받았다. 이 운동은 [Fridays for Future]로 확산되어 글로벌 청소년 운동으로 발전했다. 그녀는 말만 앞세우는 정치인들의 태도를 강하게 비판하며 "지금 행동하지 않으면 미래가 없다"고 주장한다.

리시프리야 칸구잠은 인도의 청소년 환경 운동가로, 어린 나이에 환경 운동을 시작했다. 그녀는 기후 변화와 자연 재해로 고통받는 인도 사람들을 보며 환경 운동에 뛰어들었고, '어린이 기후 운동'을 통해 인도 정부에 기후 변화 관련 법 제정을 촉구했다. 그녀는 청소년들이 기후 정책 논의에서 중요한 역할을 해야 한다고 주장하며, 기후 위기 법 도입을 강하게 요구하고 있다.

바네사 나카테는 우간다 출신의 청소년 환경 운동가로, 2019년 우간다 [Fridays for Future] 운동에 참여하면서 활동을 시작했다. 그녀는 아프리카에서 기후 운동을 주도하는 중이다. 바네사는 기후변화가 특히 아프리카 빈곤 지역에 큰 영향을 미친다고 강조하며, 글로벌 리더들의 더 많은 관심과 지원을 요구하고 있다.

세 명의 청소년 환경 운동가는 각기 다른 국가와 배경을 가지고 있지만, 모두 기후 위기에 맞서 강력한 행동을 촉구하고 있다. 그들의 활동은 세계적인 주목을 받으며 청소년들의 기후 행동에 영감을 주고 있다. 이들을 보며 든 생각은, 어른들이 환경을 위한 노력을 하지 않는다고 비난할 것이 아니라 우리가 직접 기후 행동을 해볼 수도 있다는 점이다. 작은 것부터 먼저 시작해 볼까. 우리 십대들은 건강한 먹거리 소비, 일상 속 텀블러 사용, 대중교통 이용, 어스 아워 실천하기(매년 이루어지는 지구를 위한 한 시간 소등 캠페인) 등 다양하고 소소한 노력들을 해볼 수 있다.

마하트마 간디는 "미래는 우리가 오늘 하는 일에 달려 있다"고 말했다. 지구의 결말도 우리의 행동에 따라 바뀔 것이다. 지구의 미래를 새드엔딩으로 만들지, 해피엔딩으로 만들지는 우리 손에 달려 있다. 이 책은 읽은 후, 기후 위기의 심각성을 '인지'하지만 말고 미래를 위해 '실천'하는 용감한 청소년이 되기를! 지구를 위해, 모두 화이팅!

"지금 행동하지 않으면 미래가 없다."

이호석_에세이

미래를 지키는 법

"과거의 멸종은 자연스럽게 일어났고,
새로운 진화로 이어졌지만, 지금의 멸종은 다르기 때문이다."

이정모의 『찬란한 멸종』을 읽었다. 이 책을 처음 봤을 때 어떻게 멸종이 찬란하다는 건지, 왜 멸종이 찬란하다는 건지 궁금했다. 호기심으로 펼치게 된 이 책은 정말 흥미로웠다. 왜냐하면 저자는 과거의 멸종은 자연스럽게 일어났고, 새로운 진화로 이어졌지만 지금의 멸종은 다르다고 주장하기 때문이다. 지금의 멸종은 인간이 일으킨 것이며, 그 속도가 너무 빨라 생물들이 이에 적응할 시간조차 없다. 이 멸종의 원인은 편함을 찾는 사람들의 이기심과 욕심, 그로 인한 기후변화이다. 기후변화로 지구의 환경은 달라지고 있다. 인류는 지금 선택의 기로에 서 있다. 이 멸종을 멈출 수도 있고, 외면하고 그 길을 따라갈 수도 있다. 나는 이 책을 통해 우리가 할 수 있는 작고 구체적인 실천이 얼마나 중요한지 조금은 알 것 같았다.

 산업혁명 이후 인간은 눈부신 발전을 이루었다. 하지만 그 과정에서 자연은 파괴되고, 수많은 생물들이 삶의 터전을 잃게 되었다.
 대기오염은 산성비를 만들고, 산성화된 토양은 식물의 성장을 방해한다. 지구온난화는 폭염, 태풍, 가뭄 같은 재난을 일으킨다. 바다에 녹아든 이산화탄소는 해양 산성화를 유발해 산호와 조개 같은 생물들에게 큰 피해를 주고 있다. 수질오염과 해양 쓰레기 역시 많은 동물들을 죽음으로 몰아넣고 있다.
 사람들이 조금만 더, 지구에 관심을 기울인다면 모두가 행복한 발전을 할 수 있다고 생각한다. 하지만 관심이 없다면 결국 지구는 생물들이 살 수 없는 곳이 될 것이다. 내 경험을 짧게 이야기해 볼까. 얼마 전 바다에 갔었다. 그곳에 폐그물과 비닐 조각 등 여러 가지 쓰레기들이 나뒹굴고 있었다. 그 모습을 보고 나와는 상관없다고 생각했던 죽은 물고기들이 떠 있던 어떤 나라의 해변이 떠올랐다. 그 나라의 해변처럼 지금 내가 서 있는 해변도 곧 그 누구도 찾지 않는 냄새나고 더러운 해변이 되는 건 아닐까. 깨끗한 바다를 미래엔 다신 찾을 수 없을까 봐 무서웠고, 내가 할 수 있는 일이 없을지 고민하게 되었다.

얼마 전, 나는 기후 변화로 바닷물이 뜨거워져 김이 제대로 자라지 않아 수확량이 떨어지고 있다는 뉴스를 봤다. 그로 인해 김 육상 양식 기술을 연구하고 있지만, 어려움을 겪고 있다고 한다. 우리나라 바다에서 더 이상 김을 양식하기 어렵다는 사실은 너무 충격적이었다. 곧 있으면 다른 생물들, 예를 들어 사과 같은 작물부터 토종 생물들까지 우리나라에서 사라질 거라는 뉴스를 접하자 기후 위기가 먼 미래의 이야기가 아니라는 게 체감이 되었다.

파괴된 지구에서 살아가야 하는 건 바로, 청소년들이다. 그러니 우리가 더 적극적으로 환경을 위한 대책을 마련하고, 지구를 지키기 위해 노력해야 하지 않을까.

십 대인 우리가 할 수 있는 일에는 무엇이 있을까? 작지만 중요한 세 가지 실천 방법을 정리해 보았다.

첫째, 빈방의 불을 끄는 것이다.
이 행동은 사소하게 보이지만, LED 전구를 하루 다섯 시간만 꺼두어도 1년 동안 나무 한 그루가 흡수하는 만큼의 이산화탄소를 줄일 수 있다. 멀티탭 전원 끄기, 냉장고 문 자주 열지 않기. 이런 습관도 함께 실천하면 더 좋다. 모두 일상에서 쉽게 할 수 있는 행동들이다.

둘째, 고기를 덜 먹는 것이다.
축산업은 전 세계 온실가스 배출량의 약 14퍼센트를 차지한다. 가축을 키우기 위해 숲을 밀고 사료용 곡물을 재배하게 되면 야생동물들은 서식지를 잃는다. 또한, 가축에게 먹이는 곡물을 사람이 직접 섭취할 경우, 더 많은 사람을 먹여 살릴 수 있다고 한다. 물 소비도 훨씬 많아 감자를 키우는 것보다 가축을 키우는 데 약 50배나 더 많은 물이 필요하다. 이런 상황에서 우리가 할 수 있는 일은 무엇일까? 일주일에 한두 번이라도 고기 없는 하루를 실천해 보는 건 어떨까?

셋째, 샤워 시간을 줄이는 것이다.

보통 샤워기에서 1분에 9~10리터의 물이 나온다. 샤워 시간을 단 1분만 줄여도 하루 9리터 이상의 물을 절약할 수 있다. 또한 온수 사용을 줄이면 전기나 가스 사용도 줄어 온실가스 배출을 줄이는 데 도움이 된다. 절수형 샤워기를 사용하는 것도 좋은 방법이다.

이 세 가지 방법은 우리가 당장 실천할 수 있는 작은 행동들이며, 이외에도 환경을 위한 다양한 방법들이 주변에 아주 많다. 환경 캠페인 참여, 기업과 정부에 정책 개선 요구하기, 친환경 제품 사용 등은 모두가 알고 있는 방법일 것이다.

가장 중요한 것은 작은 노력이 쌓이면 큰 변화를 만들 수 있다는 점이다. 마치 진화가 작은 돌연변이의 반복으로 이루어지듯이 말이다.

이런 노력들을 나 역시 꾸준히 실천하려고 해보았다.

솔직히 말하면 결코 쉽지 않았다. 이렇게 작은 실천도 평소의 편하고 좋은 것들을 포기하고 하려니 어려웠다. 샤워 시간을 체크해 보니, 평소에는 느리게 가던 시간이 샤워만 하면 빨리 가는 것 같다고 느껴졌다. 내가 아무리 불을 열심히 꺼도 동생이 불을 끄지 않는 모습을 보며 내 행동이 의미가 있을까 하는 생각도 들었다. 하지만 계속해서 환경을 위한 행동들을 실천해 나가자 점점 습관이 되었고 그 행동은 당연해졌다. 뿌듯함과 성취감은 자연스럽게 따라왔다. 그러니 지금부터 이 책과 함께 환경을 위한 행동을 하나라도 해보자. 쉽지 않지만 지금 바로 시작할 수 있다. 나도 실천했으니, 당신도 할 수 있을 것이다.

기후 위기는 지구의 위기가 아닌 '인간의 위기'라고 생각한다. 그 위기 속에서 살아가야 할 사람들이 바로 우리, 청소년들이다. 더 늦기 전에 행동해야 한다. 다음에, 나중에라고 말하며 미룬다면 우리가 살 미래는 없을 것이다. 지금 당장은 작고 사소해 보여도, 그 행동들이 모여 지구를 구하는 큰 변화를 만들 것이다. 그러니 오늘부터, 우리 스스로를 위해, 기후 위기를 막기 위한 노력을 시작해 보면 어떨까.

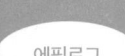

에필로그

이 책을
그냥 덮지 마세요

"지구 가열화의 결말은 무엇일까요?"

에필로그를 쓰기 위해 인터넷을 뒤적거리며 자료를 찾다가 〈사계 2050 : 잃어버린 계절〉이라는 곡을 듣게 되었습니다. 이 곡은 1725년 작곡된 비발디의 〈사계〉를 기후변화 시나리오와 인공지능 기술을 결합해 만든 곡이라고 합니다. 국가마다 피해 양상이 다르게 나타나기에 전 세계 열네 개의 도시 버전이 있습니다.

우리나라에서 연주된 〈사계 2050 : 잃어버린 계절 The [uncertain] Four Seasons〉에서 봄에 새들은 활기찬 지저귐 대신 쓸쓸한 독백을 하늘에 그리고 있습니다. 여름에는 새소리가 간간이 들립니다. 가을은 불협화음이 난무하는 계절입니다. 예측할 수 없는 겨울은 비도 눈도 오지 않습니다. 인류세에 살고 있는 작은 동물들이 가장 먼저 멸종을 마주합니다. 인류도 죗값을 치를 것이지만 그 시기는 작은 동물들이 사라진 후의 일입니다.

〈사계 2050〉 프로젝트를 들으며 가장 안타까웠던 부분은 2050년의 마셜제도였습니다. 오케스트라 악보에서 마셜제도의 가을은 고요한 적막뿐입니다. 미국 항공우주국 나사에 따르면 지난 30년간 마셜제도의 해수면은 약 10cm 상승, 향후 30년간 10cm 더 상승할 가능성이 있다고 합니다. 기후 위기 피해는 온실가스 배출량과 비례하지 않습니다.

청소년들은 지금, 기후 불안감 속에서 살고 있습니다.

2025년 여름, 전국적인 폭염이 계속되는 와중에 제주도 밭에 있던 단호박이 수확도 되기 전에 익어버렸다는 뉴스를 본 적이 있습니다. 평소 아스팔트가 끓을 듯한 무더운 폭염에 '이런 날씨면 아스팔트 위에서 계란프라이를 해 먹어도 되겠는데'라고 생각했던 저였지만, 이 말보다 더한 일이 현실이 될지는 몰랐습니다. 제가 본 영상에는 아직 수확되지 않아 줄기에 매달려 있는 단호박의 모습이 담겼는데, 농장주가 가위로 단호박의 속살을 헤집자 진한 노란색으로 익어버린 단호박의 속살이 드러났습니다. 또한 요즘 SNS에는 30도를 훌쩍 넘는 폭염에 더위를 먹고 기절한 새들을 도와주는 고마운 분들이 자주 보입니다.

제가 어릴 때까지만 해도 바뀌는 계절을 느낄 수 있었습니다. 봄이 되면 새학기의 긴장감과 함께 진달래를 맞이했고, 여름방학에는 시원하게 내리는 장맛비를 맞으며 뛰어놀기도 했고, 가을에는 쌀쌀해진 날씨를 느끼며 단풍으로 물든 산에서 도토리를 주웠습니다. 겨울에는 밤사이 내린 함박눈 사이로 썰매를 타며 눈사람을 만들었습니다.

하지만 지금 제가 느끼는 사계절은 조금 다릅니다. 봄에는 눈 사이로 힘겹게 솟아 있는 진달래가 보입니다. 여름에는 폭염의 무더위를 낮춰줄 장마 대신 스콜이 내립니다. 여름의 영향력이 채 가시지 않은 늦가을에 사람들은 에어컨을 틀고 반팔을 입습니다. 갑자기 찾아와 동물과 식물, 사람들을 혼란에 빠트린 한파는 봄까지 이어지고 있습니다.

〈2025 십 대 환경 프로젝트〉 작가님들의 글을 읽으며 이런 상상을 해보았습니다. 미래의 사람들이 과거의 사람들에게 기후 문제의 심각성을 전할 수 있는 우체통이 있다면… 전 세계 사람들이 꿈을 꿔서 미래가 아닌 현재 기후 위기의 심각성을 알게 된다면 얼마나 좋을까요?

청소년들이 환경 문제를 더 깊이 이해하고 관심을 가지게 된다면 세상이 어떻게 변할지 궁금합니다. 지구 가열화의 결말은 무엇일까요? 지구 생명 공동체의 멸망이라는 커다란 시험에 처할 우리를 위해, 지금이 아닌 우리의 찬란한 미래를 위해 작은 일이지만 빈방의 불 끄기, 고기 덜 먹기, 샤워 시간 줄이기 등을 실천해 보는 건 어떨까요? 여러분들의 작은 실천이 지구 온도 1도를 낮출 수 있을 것이라고 믿습니다.

마지막으로, 이 책을 읽어주셔서 감사합니다. 이 책을 읽은 뒤 부디 그냥 덮지 말아주세요. 여러분들의 행동으로 변화를 보여주세요. 그 변화가 어쩌면 책 속 이야기의 상상처럼 미래의 작은 무엇을 바꿀지도 모르니까요.

  이하린, 이소율, 이나린, 유채현, 김다영, 이호석 작가님, 〈2025 십 대 환경 프로젝트〉를 추천해 주신 조승우 작가님, 성민교 헤드님, 반년이 넘는 시간 동안 아낌없는 응원과 조언을 해주시고 멋진 글로 이끌어주신 김혜원 작가님과 느린서재 최아영 대표님. 그리고 이 책을 읽어주신 모든 독자분들께 감사의 인사를 드립니다!

2025년 늦가을, 김선명 드림

부록

단단하고 오래가는 글을 쓰려면

십 대를 위한 글쓰기 조언_김혜원

요즘 십 대들은 생각보다 훨씬 표현력이 풍부합니다. 짧은 영상 하나로 하루를 압축해서 기록하고, 밈과 댓글로 감정을 직관적으로 나누고, 자신만의 언어를 만들어 냅니다. 예전 세대보다 훨씬 넓고 빠른 통로로 세상과 대화하고 있는 것을 보면 놀랍습니다. 그런데 신기하게도, '이제부터 글을 써보자'고 하면 그 빠른 손이 잠시 멈춥니다.

표현의 도구가 다양해졌어도 '생각을 글로 엮는 일'은 여전히 어려운 과제임이 분명합니다. 왜냐하면 단어를 고르고 문장을 엮는 일은 잠시 시간을 멈추는 일이거든요. 세상은 빠르게 흐르지만 글쓰기는 여전히 느린 시간을 요구합니다. 저는 그게 바로 글쓰기의 매력이라고 전하고 싶습니다. 그 느린 시간이 자기 자신을 들여다보는 가장 오래된 방식이거든요.

시작을 망설이던 친구들도 방향만 감지하면 금세 길을 찾고, 자기만의 이야기를 흥미롭게 풀어냅니다. 상상했던 것보다 훨씬 더 자유롭게 펄펄 날면서 다채로운 색깔을 펼쳐냅니다. 이 프로젝트를 함께한 청소년들처럼요.

이 글은 그 방향에 대한 작은 안내서입니다. 십 대 친구들이 글을 조금 더 편하게, 조금 더 깊이 있게 써 내려갈 수 있도록 돕는 몇 가지 비법을 여기에 담았습니다.

1. 글은 문장이 아니라 생각이다

글에 대해 먼저 알아야 할 전제 조건이 있습니다. 글은 문장이 아니라 생각입니다. 좋은 글은 생각이 들어 있는 글입니다. 우리는 본능적으로 어디서 본 것 같은 문장보다 쓴 사람의 독특함이 드러나는 낯선 생각에 더 끌립니다. 그러려면 유려한 문장, 아름다운 표현, 자극적인 스토리 이전에 나만의 생각이라는 뼈대가 단단해야 합니다.

지금은 글쓰기를 돕는 도구가 정말 많습니다. AI를 활용하면 정보를 모아 정리하고, 구성과 문장을 매끄럽게 다듬을 수 있죠. 이런 시대에도 사람이 직접 쓴 글이 여전히 가치가 있을까요? 그렇습니다. 독서는 문장을 훑는 것뿐 아니라 그 안의 이야기와 타인의 생각을 만나려는 호기심에서 출발하니까요. 정보와 텍스트가 넘쳐날수록 사람들은 글 안에 진짜 이야기, 진짜 생각이 있는지 더 찾게 됩니다.

카이스트 김대식 교수는 "AI가 대체할 수 없는 인간의 능력은 경험, 느낌, 설명할 수 없는 몸의 감각"이라고 했습니다. 글을 쓰고 싶다면 '문장'보다 '생각'을 먼저 모아야 합니다. 또한 대체할 수 없는 글을 쓰려면 자신과 더 친해지고 깊이 들여다봐야 합니다. 어떤 생각을 하고 있는지, 누구에게 어떤 이야기를 건네고 싶은지 먼저 알아야 해요. 글이라는 그릇을 빚는 건 그 다음입니다.

2. 생각은 질문에서 시작된다

어떻게 해야 생각을 잘할 수 있을까요? 생각은 누구나

하는데 글쓰기를 위한 생각은 다른 걸까요? 어떻게 수없이 펼쳐지고 흩어지는 생각을 모을 수 있을까요? 인지·뇌과학 연구에 따르면 생각을 위한 강력한 시작 버튼이 하나 있는데, 바로 '질문하기'입니다.

우리의 뇌는 질문을 던질 때 탐색 모드로 바뀌고 호기심과 집중력을 북돋는 도파민이 분비된다고 합니다. 질문을 던질수록 생각은 속도를 내고 방향을 찾아갑니다.

글쓰기를 가르쳤던 경험을 돌아보면 어린아이일수록 글을 더 잘 씁니다. 까불까불 끊임없이 황당한 질문을 퍼붓는 아이들의 글은 그만큼 재미있고 생기가 있죠. 반대로 어른이 될수록 글쓰기가 부담스러워지는 이유는, 질문보다 답을 말하는 데 익숙해졌기 때문일지도 모릅니다. 답을 채우려 들수록 글은 무겁고 경직되니까요.

정말 좋은 글은 답을 설교하기보다 질문을 환기합니다. 글에 담긴 질문은 독자의 마음에 가서 닿고, 생각의 문을 열어줍니다. "나는 왜 텀블러를 자꾸 두고 다닐까?" "지구가 위험하다는데, 일상은 왜 그대로일까?" 같은 질문처럼요. 여기서 핵심은 질문이 '나'로부터 시작돼야 한다는 거예요. "사람들은 왜?"가 아니라 "나는 왜?"라고 물을 때 진짜 나만의 생각이 튀어나옵니다.

질문을 던지고 답을 찾아가며 관련 정보를 찾고, 다른 사람들의 관점을 참고하다 보면 나만의 감정과 관점에 닿습니다. 그리고 그 과정을 글에 담으면, 글은 자연스러운 몰입 구조를 얻게 됩니다. 질문은 글의 시작이자 끝까지 이끄는 힘이 됩니다.

3. 소재는 멀리 있지 않다

"쓸 게 없어요."

글을 시작하려고 할 때 가장 자주 듣는 말입니다. 내 일상이 평범해서 쓸 이야기가 없다는 것이죠. 하지만 책장에 꽂힌 책들 중 하나 아무거나 펼쳐 보세요. 유명한 고전 소설도요. 듣도 보도 못한 엄청나게 새로운 이야기가 아니라 익숙한 삶을 자신만의 방식으로 쓴 책이 대부분이라는 걸 알 수 있어요.

인간이 이야기를 기록해 온 지 수천 년입니다. 상상 가능한 대부분의 소재는 사실 이미 다 쓰였습니다. 그래서 글에서 중요한 건 특별한 소재가 아니라, 그 소재를 비추는 나의 경험, 생각, 사고의 흐름입니다. 눈사람을 만들 때 멀리 산까지 가서 '특별한 눈'을 구해올 필요가 없는 것처럼요. 집 앞 마당의 눈으로도 멋진 눈사람을 만들 수 있습니다. 눈은 다 거기서 거기고, 눈사람의 차이를 만드는 건 누가, 어떻게 굴렸는지니까요.

매일 만나는 풍경, 익숙한 물건, 자주 반복되는 습관 속에 이미 글의 씨앗이 숨어 있습니다. '기후 위기'처럼 큰 주제라 해도 그와 연결된 내 삶의 지점을 찾는 게 먼저입니다. 나에겐 평범해도 남에게는 새로울 수 있으니까요. 그리고 '낯선 느낌'을 주고 싶다면 '얕게 많이 쓰기'보다 '깊게 하나를 파는 글'이 더 효과적입니다. 내가 잘 아는 장면을 더 깊이 들여다볼수록 솔직함과 디테일에서 신선함이 나옵니다.

4. 주제는 단 하나, 뚜렷해야 한다

읽고 나서 기억에 남는 글에는 규칙이 있습니다. "하나의 글에는 하나의 주제만."

생각의 물꼬가 트이면 이것저것 다 쓰고 싶어집니다. 기후 위기에 대해 쓰다 보면 환경 보호, 플라스틱, 에너지, 정책까지… 의욕에 넘쳐서 어마어마한 양의 글을 쓰게 될 수도 있어요. 그런데 그렇게 글의 폭을 넓히면 결국 아무것도 남지 않습니다.

내용이 광범위한 글은 방향성을 잃기 쉽습니다. 라면을 끓일 때 이것저것 맛있다는 스프를 섞어 넣으면 결국 애매한 맛이 나게 되죠. 엄마의 잔소리는 다 우리를 위한 말이지만 그렇다고 과거 일까지 다 들추면 화가 나죠. 글도 마찬가지예요. 좋은 내용이 많아도 맥락이 불분명하면 독자가 끝까지 따라가기 어렵습니다. 특히 짧은 글일수록 주제는 선명해야 합니다. 글을 쓰기 전, 딱 한 줄로 정리해 보세요. "내가 이 글에서 꼭 하고 싶은 말은 뭐지?"를요.

예를 들어 "난 왜 텀블러를 자꾸 잃어버리는가?"가 주제 질문이라면, 그 글은 끝까지 질문의 궤도에서 멀리 벗어나지 않아야 합니다. 가지가 뻗어 나갔더라도 다시 본 주제로 돌아와야 해요. 글은 기세가 중요합니다. 물이 흐

르듯이 독자가 딴 생각에 빠지지 않고 결말까지 함께 흘러가야 "읽을 만했다"라는 감각이 남습니다.

스티브 잡스의 "Simple is the best"처럼, 단순함이 가장 힘이 셉니다. 주제를 하나로 뭉쳐야 글이 단단해지고, 오래 남습니다.

5. 초고는 흘러가게, 퇴고는 붙잡아서

1만 시간의 법칙을 굳이 꺼내지 않아도, 글쓰기에는 절대적인 시간이 꽤 듭니다. 글쓰기는 마치 딸기잼을 끓이는 과정과 닮았습니다. 처음엔 과육과 설탕, 물이 뒤섞여 형태가 없어요. 하지만 계속 저으면서 끓이고, 식혔다 다시 올렸다를 반복하면 불필요한 수분이 날아가고, 달콤하고 진한 본질만 남지요.

초고는 재료를 몽땅 냄비에 넣는 단계고, 퇴고는 졸이는 단계입니다. 한 번에 완벽하게 끝나지 않습니다. 글은 오래 두고 고치면 고칠수록 깊은 맛이 납니다. 생각을 충분히 쏟아낸 뒤, 여러 번 퇴고하여 진짜 맛을 응축해서 남기는 것이 글쓰기의 완성입니다.

많은 사람들이 글을 쓰다 멈추는 이유는 "이상해, 마음에 안 들어"라는 생각 때문입니다. 그런데 그건 당연한 일이에요. 테리 프래쳇 작가가 말했듯이 "첫 번째 원고는 그냥 자신에게 이야기해 주는 것"일 뿐입니다. 초고가 엉망일 확률은 거의 100퍼센트입니다. 그러니 초고는 넘치도록 쓰세요. 양으로 승부해요. 매일 일정 양을 그냥 써 내려가고, 브레인스토밍처럼 머릿속 생각을 다 꺼내 놓으세요.

대신 퇴고는 달라요. 글을 고치면서 주제에서 벗어난 부분을 덜고, 문장 순서를 바꿔 보고, 반복되는 문장을 쳐내면 글은 점점 단단해집니다. 그럴 거면 처음부터 딱 맞게 쓰면 되지 않나 싶겠지만, 아무리 뛰어난 작가도 한 번에 그럴 순 없습니다. 생각의 우물을 파고 또 파야 맑은 물을 만날 수 있으니까요. 겉보기엔 비효율적이어도 가장 효율적인 글쓰기 방법이 바로 '많이 쓰고 버리기'입니다.

초고는 속도전, 퇴고는 집중전입니다. 초고를 쓸 땐 절대 멈추지 말고, 퇴고할 땐 절대 대충하지 마세요. 초고는 양이, 퇴고는 질이 중요합니다. 이 두 단계를 잘 구분하는 것만으로도 글쓰기 실력은 눈에 띄게 달라질 수 있을 거예요.

6. 글에도 '톤'이 있다

글에도 표정이 있습니다. 어떤 글은 미소를 짓는 것 같고, 어떤 글은 시무룩한 얼굴을 하고 있죠. 단톡방에서 같은 내용을 써도 사람마다 다른 결이 느껴지는 것, 그게 바로 톤입니다. 톤이 살아 있는 글은 매력적입니다.

'톤'은 화려한 기술이 아닙니다. 오히려 반대예요. 어려운 수식어나 멋부린 표현이 아니라, 내가 평소에 쓰는 말투가 잘 묻어날 때 매력이 살아납니다. 친구와 수다 떨 때 나오는 말, 혼잣말처럼 툭 던지는 표현, 자주 쓰는 말의 리듬. 이런 것이 담긴 글은 읽기 쉽고 공감도 더 잘 됩니다.

말하기와 글쓰기는 뇌의 특정 부분 – 같은 회로를 쓴다고 알려져 있습니다. 그래서 말하듯 글쓰기는 효과적입니다. 매끄러운 문장에 자신이 없다면 녹음 앱을 켜고 평소처럼 말한 뒤 옮겨 적어보세요. 옮기는 과정에서 부족한 부분만 보완해도 글은 충분히 살아납니다. 글을 쓴 후에는 꼭 소리내 읽어보세요. 턱, 걸리는 부분 없이 부드럽고 자연스럽게 읽히는지 확인해 보세요.

누군가 "글을 읽으니 네 목소리가 들리는 것 같아"라고 말해 준다면, 그것은 최고의 칭찬입니다. 톤이 살아 있는 개성 있는 글은 나만 쓸 수 있는 특별한 글이니까요.

7. 한 번 더, 제목을 바꿔보자

퇴고가 끝나갈 즈음, 집중적으로 살펴봐야 할 부분이 제목입니다. 제목은 글의 얼굴이자 첫인상입니다. 과장해서 말하자면, 제목은 글의 운명을 결정합니다. 아무리 재미있는 영상이라도 섬네일이 심심하면 사람들은 클릭하지 않죠. 제목은 글의 섬네일입니다. 제목은 독자가 "이거 궁금한데?" 하고 들어오게 만드는 버튼입니다.

낚시성 제목은 금물입니다. 섬네일만 요란하고 내용이 빈약하면 실망하듯, 과장이 심하면 오히려 반감이 생깁니다. 제목은 호기심을 자극하되, 글의 핵심과 반드시 연결돼야 합니다. 제목은 초대장이면서 동시에 글의 내용에 대한 약속입니다.

제목을 정했다면 형식을 바꿔 최소 세 가지 이상으로 바꿔서 써보세요. 예를 들어 매일 텀블러를 잃어버리는 중학생이, 텀블러가 과연 환경을 보호할 수 있는지 고민하는 글이라면,

 1. 질문형: "환경 보호일까 용돈 낭비일까?"
 2. 고백형: "환경은 보호하고 싶지만 텀블러는 그만 사고 싶어"
 3. 장면형: "음료를 받으려다 또, 빈 가방을 마주했다"
 4. 대조형: "환경을 지킨다고 믿었는데, 쓰레기만 늘었다"
 5. 숫자형: "잃어버린 텀블러로 배운 세 가지 환경 습관"

다양한 형식으로 제목을 바꿔보는 과정 속에서, 글의 핵심이 선명해지고 새로운 아이디어가 튀어나옵니다.

8. 핵심을 담을, 글의 마무리 문장

최근에 한 초등학생 친구에게 이런 이야기를 들었습니다. "모든 글의 마지막에 '여름이었다'를 붙이면 무조건

감성글이 된다"라고요. 우스갯소리지만 그만큼 마지막 문장이 글의 분위기를 단번에 바꿀 만큼 강력하다는 뜻이겠지요. 좋은 내용도 마무리가 허술하면 미완성처럼 느껴지지만, 마지막 한 줄이 적절하면 글 전체가 반짝 살아납니다. 제목이 글의 첫인상이라면, 마무리는 마지막 표정입니다. 제목이 독자를 불러들이는 초대장이라면, 마무리는 글을 덮은 뒤에 맴도는 여운입니다. 둘은 양쪽 문처럼 서로를 완성합니다.

마무리 방법에도 여러 가지가 있습니다.

1. 여운형: 글을 덮고도 생각이 맴도는 한 줄.

"오늘도 장바구니를 꺼낼까 망설이겠지만, 그 망설임이 나를 조금씩 바꾸고 있다."

2. 수미상관형: 시작을 다시 끌어와 구조적 완결감을 주는 문장

"나는 왜 텀블러를 두고 다닐까?" → "아마 내일도 텀블러를 두고 오겠지만, 그 질문을 멈추지 않는 한 나는 변할 것이다."

3. 재치형: 의외의 농담으로 글을 가볍게 마무리 하기

"모든 글을 '여름이었다'로 끝내면 감성이 터진다지만… 오늘은 그냥 장바구니였다."

4. 호소형: 독자에게 직접 말을 거는 문장

"작은 행동 하나가 세상을 바꿀 수도 있습니다. 우리, 내일부터 같이 해볼래요?"

중요한 건 글 전체와 자연스럽게 맞물려서, 독자가 "읽길 잘했다"는 느낌을 갖는 것입니다. 끝자리에 잘 놓인 문장 하나는 식사 후 디저트처럼 마지막 맛을 남깁니다. 상큼한 샤베트, 향기로운 커피, 달콤한 초콜릿. 어떤 디저트를 낼지 정하는 것이 마무리 문장 만들기에요.

조언이 길었지만, 결국 제가 드리고 싶은 말은 단 하나예요. 여러분의 글쓰기를 계속 응원할게요. 글을 쓰다 보면 결국 나도, 주변도 변할 테니까요.

* 함께 읽기 좋은 환경 책 추천

『그레타 툰베리의 금요일』 / 그레타 툰베리 지음

『기후위기 인간』 / 구희 지음

『동물들의 위대한 법정』 / 장 뤽 포르케 지음

『두 번째 지구는 없다』 / 타일러 지음

『라면을 먹으면 숲이 사라져』 / 최원형 지음

『우린 일회용이 아니니까』 / 고금숙 지음

『지구는 괜찮아, 우리가 문제지』 / 곽재식 지음

『지구를 살리는 기발한 물건』 / 박경화 지음

『지구를 위한다는 착각』 / 마이클 셸런버거 지음

『찬란한 멸종』 / 이정모 지음

『카메라로 지구를 구하는 방법』 / 김가람 외 7명

『탄소로운 식탁』 / 윤지로 지음

『환경과 생태 쫌 아는 십 대』 / 최원형 지음

십 대가 지구를 구하는 방법

초판 인쇄	2025년 11월 4일
초판 발행	2025년 11월 10일

ⓒ 김선명 이하린 이소율 이나린 유채현 김다영 이호석 2025

지은이	김선명 이하린 이소율 이나린 유채현 김다영 이호석
글지도	김혜원
펴낸이	최아영
편집	최아영
마케팅	이 책을 읽은 당신
디자인	김선미
인쇄	제이오
펴낸곳	느린서재
출판등록	2021-000049호
전화	031-431-8390
팩스	031-696-6081
전자우편	calmdown.library@gmail.com
인스타	@calmdown_library
뉴스레터	calmdownlibrary.stibee.com
블로그	blog.naver.com/calmdown_library
ISBN	979-11-93749-27-2 03810

• 이 책은 저작권법에 따라 보호받는 저작물이므로 무단 전재와 복제를 금지합니다.
• 이 책의 전부 또는 일부 내용을 재사용하려면 사전에 저작권자와 느린서재의 동의를 받아야 합니다.
• 잘못된 책은 구입하신 곳에서 바꿔드리며, 책값은 뒤표지에 있습니다.
• 느리게 읽고 가만히 채워지는 책을 만듭니다. 느린서재의 서른두 번째 책을 구매해 주셔서 감사합니다.
• 이 책의 본문은 그린라이트 80g, 표지는 아코팩 내추럴 200g 친환경 종이를 사용하였습니다. 환경과 공존하는 지속 가능한 출판을 꿈꿉니다.